우리말 지혜

나를 편하게 서로를 귀하게

지 우
혜 리
　말

나를 편하게 서로를 귀하게

조현용 지음

마리북

아는 것을 넘어 새로움으로,
새로움에서 다시 따뜻함으로

우리는 이 세상을 어떻게 살아야 할까요? 세상에는 견디기 힘든 일도 많고, 외롭고 우울한 일도 많습니다. 가슴 아픈 순간들도 계속 우리를 찾아옵니다. 사는 게 괴롭다고 말하는 사람도 많습니다. 때로는 삶을 버리기도 합니다. 하루하루 두려운 마음은 늘 세상 앞에서 흔들립니다. 도대체 중심을 잡을 수가 없습니다. 정말 어떻게 살아야 할까요? 어디서 세상을 헤쳐 나갈 지혜를 찾아야 할까요? 지식보다는 지혜가 필요한 세상살이입니다.

그럼 지혜란 무엇일까요? '지혜智慧'라는 어휘의 지智는 아는 것을 의미합니다. 그런데 우리가 보통 알고 있는 지知와는 글자가 조금 다릅니다. 알기는 아는데 무언가 다른 느낌을 더하고 싶었던 것입니다. 우리말에서는 슬기라는 말로 해석하기도 합니다. 지혜의 지智에는 알 지知 아래에 해 일日이 들어가 있는 모양입니다. 아는 것에 빛을 더한 모양이라고 할 수 있습니다.

빛은 밝습니다. 지혜는 아는 것에 환해지는 느낌을 더하려는 것입니다. 깨달은 사람을 표현할 때, 몸과 형상에 빛이 나는 모습으로 묘사하는 경우가 많습니다. 동서양을 막론하고 머리 주변에 빛을 그려 넣기도 합니다. 아우라라고도 하지요. 눈에서도 빛이 납니다. 날카로운 빛이 아니라 부드러운 눈빛입니다. 지혜로운 이는 밝습니다. 부드럽습니다.

빛은 새로움을 의미하기도 합니다. 우리말에서 해는 새와 통합니다. 날마다 해가 뜨는 것이 새로운 것이지요. 빛으로 맞이한 아침은 늘 새로운 느낌입니다. 그래서 저는 지혜는 날마다 새로워지는 느낌이라고 생각합니다. 우리는 이럴 때 깨닫는다는 말을 합니다. 어제와 달라진 오늘을 생각하고 어제보다 한 뼘 더 자라는 것입니다. 지혜는 깨닫는다는 의미입니다. 깨달았을 때 우리는 그동안 보지 못했던 세상을 보게 됩니다. 지혜로운 이는 늘 새롭습니다. 우리에게 깨달음을 줍니다.

빛에는 온도가 있습니다. 그래서 빛은 따뜻합니다. 따뜻함은 서글프고 서러운 마음에 위로가 됩니다. 지혜로운 이에게는 기대고 싶고, 안기고 싶은 넉넉함이 있습니다. 저는 지혜는 따뜻함이어야 한다고 생각합니다. 사람에 대한 믿음, 좋은 세상에 대한 확신을 갖게 하는 게 지혜일 것입니다. 지혜로운 이는 긍정적입니다. 늘 편안한 모습입니다.

우리말은 우리가 살아갈 지혜를 담고 있습니다. 먼 옛날부터 이어져 온 지혜가 고스란히 담겨 있습니다. 우리말은 우리에게 함께 더불어 살아야 한다고 알려 줍니다. 늘 긍정적이어야 한다고 우리를 다독입니다. 용기를 잃지 말라고 합니다. 우리말이 들려주는 지혜를 듣다 보면 어느새 얼굴이 환해집니다. 웃음이 납니다. 우리말의 지혜가 내 속에 꽃이 되는 순간입니다.

저는 아는 것을 넘어서 새로움으로, 새로움에서 다시 따뜻함으로 나아가는 지혜를 사랑합니다. 우리말이 들려주고 보여 주는 지혜에 감사합니다. 우리말은 세상을 긍정적으로 보고, 서로 함께 믿고 도우며 살아가라고 말합니다. 우리말 속의 지혜를 통해 여러분과 함께 긍정과 위로의 마음을 나누고 싶습니다. 오늘 하루도 새롭고 행복한 하루가 되시기 바랍니다.

2018년 6월
조현용

차례

둘째 마당

내가 좋아하는 것은 좋은 것

셋째 마당

타고난 것이 아니라 노력하는 것

첫째 마당

나를 편하게
남을 좋게

우리,
내 것이 아닌 모두의 것

　우리나라 사람들은 내 것이 아닌 것도 없고, 내 것인 것도 없다고 생각했습니다. 우리나라, 우리 마을, 우리 가족, 우리 엄마, 우리 선생님……. 모두 개인의 소유가 아니라 우리 모두 함께하는 것입니다.

　'우리'라는 말은 집착을 없애 주는, 종교에서 말하는 무소유와 같은 개념입니다. 무소유의 원래 뜻처럼 아무것도 소유하지 않은 것이 아니라 우리 모두 함께 소유한 것, 그래서 내가 소유한 것이 아니니까 무소유입니다.

　그리고 보니 우스운 말이 하나 생각납니다. 외국인들은 '우리

아내'라는 표현을 아주 재미있어 합니다. 아내를 공유하던 옛 풍습이 남아 있는 게 아니냐며 웃습니다. 저도 웃음이 납니다. 왜냐하면 '우리 남편'이라는 표현도 있기 때문입니다. 이 말은 남편을 공유한다는 의미도 됩니다. 아마 이런 표현은 우리라는 말을 폭넓게 쓰다 보니 생긴 일이 아닐까요? 외국인들도 처음에는 의아해 하다가도 나중에 우리라는 말의 뜻을 정확히 알고 나면 오히려 참 좋다고 말합니다. 마이 하우스my house보다 아우어 하우스our house가 좋고, 마이 마더my mother보다 아우어 마더our mother가 더 좋다고 합니다.

사람들에게 우리라는 말의 어원이 뭘까 물어보면 답이 제각각입니다. 그중에서 가장 많이 나오는 것이 '울' 즉 '울타리'입니다. 한 울타리에서 우리라는 말이 나왔다는 입장입니다. 이러한 주장은 주로 우리라는 말을 공동체 의식으로 인식하는 태도에서 나옵니다. 우리는 하나라는 생각에서 한 울타리에 사는 사람이라는 생각을 하게 되는 것 같습니다.

하지만 우리의 어원은 다른 각도에서 봐야 합니다. 우리라는 말은 사람을 의미하는 말입니다. 사람을 의미하는 말이 갑자기 울타리에서 나오기는 어렵습니다. 사람을 나타내는 다른 말과의 연관성을 생각해 보는 게 옳은 접근 방법입니다. 우리말에서 사람에 해당하는 어휘는 대부분 모음으로 시작합니다. 모음으로 시작하지 않는 말도 있긴 하지만, 순우리말에서 사람을 나타내는 말들은 대개 모음으로 시작한다는 점에서 우리의 어원을 찾아볼 수 있습니다.

모음으로 시작하는 어휘는 정말 많습니다. 나중에 그 원인도 차근히 생각해 보면 좋을 것 같습니다. 우선 '아버지, 어머니, 아이, 아들, 아기, 오빠, 어른' 등이 보입니다. 이 중에는 어원적으로는 달리 분석해야 하는 어휘도 있습니다만, 일단 모음으로 시작하는 어휘를 한번 찾아보았습니다. 우리라는 말도 모음으로 시작하니 울타리보다는 사람을 나타내는 어휘에서 출발했을 가능성이 높습니다. 사람을 나타내는 접미사에서도 비슷한 예를 찾을 수 있습니다. 요즘에는 차별어로 잘 이야기하지 않는 단어인 '벙어리' 등에 쓰이는 '-어리'는 사람의 뜻을 나타내는 접미사입니다.

우리말의 인칭대명사도 참 재미있습니다. 1인칭, 2인칭, 3인칭에 해당하는 말이 모두 '나, 너, 누'입니다. ㄴ은 똑같고 ㅏ ㅓ ㅜ 모음만 바뀌어서 이루어진 것입니다. 나의 모양이 바뀌면 너가 되고, 나와 너가 바뀌면 누가 됩니다. 우리는 서로 다른 사람이지만 서로 공통점도 있습니다. 우리말의 인칭대명사는 그러한 점을 보여 줍니다. 모음을 교체해서 뜻을 나누는 이유가 거기에 있습니다. '남, 놈, 님'도 그렇습니다. 내가 아닌 사람이라는 공통점은 있지만 느낌은 조금씩 다른 말입니다. 감정의 차이가 느껴집니다.

우리 엄마, 우리 학교, 우리 동네, 우리 마을이라는 표현은 모두 정감 어린 말들입니다. 그런데 우리라는 말을 지나치게 공동체 의식에 초점을 맞추면 위험한 말이 됩니다. '우리는 하나'라는 느낌으로 사용하다 보면 자꾸 상대와 나를 구별 짓게 됩니다. 나와 너, 그러니까 상대를 포함하는 말이 우리인데, 오히려 마치 나와 상대를 구별해야 하는 것처럼 말하게 되는 것입니다.

우리라는 말에는 공동체 의식도 있지만 공동 소유의 개념도 있습니다. 우리라고 말하면 내 것은 아니라는 의미도 됩니다. '우리 집'이라고 하는 건 내 집이라는 의미가 아닙니다. '내 집'이라는 표현과는 느낌이 아주 다릅니다. 내 소유라는 의미를 담고 싶을 때는 '나'라는 말을 씁니다.

지금은 집값이 너무 비싸 이제 막 결혼을 한 신혼부부들에게 '내 집 마련'은 엄청난 꿈이지요? 아니 집 마련에 대한 부담 때문에 젊은 연인들이 결혼을 한 해 한 해 미루는 일도 많다고 하지요? 그래서인지 내 집 마련을 해서 이사하는 날의 감격은 잊지

못합니다. 작년 봄, 학교 후배가 결혼을 한 지 10년 만에 어렵게 집을 장만하고 이사를 해서 축하해 주었습니다. 이럴 때 내 집이라는 표현을 씁니다. 전세나 월세가 아니라 본인 소유의 집을 마련했다는 의미입니다.

내 남자친구와 내 여자친구는 내 남자친구, 내 여자친구이기도 하지만 누군가의 소중한 아들딸이고, 사회 구성원의 한 명입니다. 그렇게 생각하면 나한테만 오로지 집중해야 한다는 소유와 집착에서 벗어날 수 있습니다. 소유와 집착을 버린 관계는 더욱 건강해져 오래가기 마련입니다. 내 딸, 내 아들도 나의 자식이기도 하지만 누군가의 손자 손녀, 누군가의 친구이자 자신의 인생을 사는 한 인격체입니다. 그러니까 내 자식이라도 지나치게 부모의 바람대로 살아 주기를 바라는 것은 소유이고 집착입니다.

우리 사회는 어떻습니까? 나 혼자 사는 사회가 아니라 우리 모두 함께 사는 공동체입니다. 사회라는 말은 단순히 모여 산다는 뜻이 아닙니다. 서로 조화를 이루고 도우며 산다는 의미입니다. 그래서 사람을 사회적 동물이라고 하는 것입니다. 나만 잘 살면 된다는 생각으로는 함께 사는 세상을 만들 수 없습니다. 이 세상은 우리 모두 함께 사는 곳입니다. 내 것이 아닌 우리 모두의 것이라는 우리의 의미를 두고두고 기억한다면 좋겠습니다.

랑,
함께 사랑하며 서로를 귀하게 여기다

어떤 말은 소리만 들어도 기분이 좋아집니다. 아마도 그 대표적인 말이 '랑'이 아닐까 합니다. 그래서인지 이름에도 랑이 들어가는 사람이 많습니다. 제 친구나 제자 중에도 이름에 랑이 들어간 사람이 여럿 있습니다. '랑, 사랑, 아랑, 이랑' 등이 대표적인 이름이네요.

특강을 갔다가 랑에 대한 질문을 받은 적이 있습니다. 사랑과 자랑의 어원에서 랑이 같은 거냐는 물음이었습니다. 답은 두 랑은 다르다는 것입니다. 둘 다 어원이 쉽지 않습니다만 '사랑'은 우리의 예상을 깨고, 한자어 사량思量에서 왔다는 학설이 일반적

입니다. '자랑'은 정확히 모르겠는데, '자'가 스스로 자自와 관련
이 있지 않을까 생각하고 있습니다. 랑이라는 말을 질문한 것은
랑의 느낌이 좋아서일 것입니다. 사랑도 자랑도 랑이라는 말이
있어서 그런지 느낌이 좋습니다. 그래서 랑이 들어 있는 다른 말
들도 찾아보고, 느낌이나 뜻도 찾아보았습니다.

랑이라는 말을 보면 왠지 밝은 느낌이 납니다. 혼자가 아니라
는 생각도 듭니다. 따뜻하고 고맙습니다. 랑이 제일 많이 쓰이는
곳은 연결을 나타낼 때입니다. '두 가지 모두' 또는 '함께'라는 의
미로 사용됩니다. 가장 따뜻한 느낌의 랑은 '엄마랑'이 아닐까
요? 랑 앞에 다른 말을 넣어 보면 왠지 미소를 띠게 됩니다. 아빠
랑 아들이랑 딸이랑 친구랑 그대랑……. 선생님이랑도 쓰고 싶
었는데 학생들의 미소가 사라질까 봐 뺍니다. 제 마음을 헤아려
주신다면 고맙겠습니다. 누구랑 같이 있고 싶나요? 누구랑 밥을
먹고 싶나요? 누구랑 여행을 가고 싶나요? 누구랑 있으면 기분
이 좋나요? 누구랑 함께하는 생각만으로도 설레나요?

사랑은 어떤가요? 시옷에서 리을로 넘어가는 발음에는 따뜻
함과 그리움이 묻어 있습니다. '서로, 사랑, 사람, 소리' 등의 낱
말에서 느껴지는 따뜻함이 있지요. 사랑은 '엄마랑, 아빠랑, 언니
랑, 누나랑, 형이랑, 오빠랑, 동생이랑, 친구랑, 그대랑'과 어울리

며 기대고픈 위로가 됩니다.

사랑은 서로를 생각하는 것이고, 서로를 위하는 마음입니다. 사랑이 커지면 자랑이 됩니다. 자랑은 아마도 나의 이야기에서 시작했을 것입니다. 자만自慢이 아니라 자랑스러움이어야 합니다. 나를 사랑할 수 있어야 남을 사랑할 수 있습니다. 나를 자랑스러워해야 남을 자랑스러워할 수 있습니다. 자랑하고 싶은, 칭찬하고 싶은 사람이 많은 이는 행복한 이입니다. 누구를 칭찬하고 싶나요? 누구를 다른 사람에게 자랑하고 싶나요?

이제 '명랑'의 차례입니다. 명랑明朗은 한자어입니다. 밝고 환하다는 뜻의 단어입니다. 명랑이라는 단어만 봐도 밝은 느낌이 있습니다. 예전에는 〈명랑운동회〉라는 프로그램이 있었는데, 웃음이 가득한 프로그램이었습니다. 경쟁이 주목적이 아닌 운동회는 재미있을 수밖에 없겠지요. 넘어지는 모습도, 실수하는 모습도, 응원하는 모습도 우습고 재미있습니다.

하지만 삶 속에서는 늘 웃고 지낼 수는 없겠지요. 그렇게 세상이 만만하지는 않을 테니까요. 하지만 그래도 결론은 명랑이지요. 명랑의 시작은 나입니다. 내가 밝아야 주변이 밝아집니다. 내가 짜증을 내면, 내가 어두우면 주변은 급속도로 얼어붙습니다. 의외로 내가 세상에 미치는 영향이 크지요. 어쩔 수 없는 현실에 매달려 있지 말고, 바라는 세상에 미소를 지어야겠지요. 우리 삶이 명랑하다면, 늘 서로에게 기쁨이 된다면 슬퍼도 외롭지는 않을 것입니다.

　랑을 보면서 함께, 사랑하며, 서로를 귀히 여기며, 밝게 살아가는 사람의 모습을 보게 됩니다. 랑이 들어가는 다른 어휘들도 찾아봐야겠습니다. 소리나 모양을 본뜬 말에도 랑이 많이 들어가네요. '딸랑딸랑'이나 '말랑말랑'의 느낌은 어떤가요? '또랑또랑한' 목소리가 들리는 듯합니다.

　사람마다 기분 좋게 들리는 말이 있을 것입니다. 흘러가는 소리인 리을 받침을 좋아하는 사람도 있고, 울림소리인 이응 받침을 좋아하는 사람도 있습니다. 밝은 느낌의 ㅏ를 좋아하는 사람도 있습니다. 기분 좋은 소리를 가진 단어가 있다면, 기분 좋은 의미를 지닌 단어도 많습니다. 소리가 되었든 의미가 되었든 좋아하는 단어가 많아지면 일상도 더욱 기분 좋은 일이 많아질 것입니다. 내가 기분이 좋아지는 단어를 많이 찾아 내 것으로 만들어 보세요. 오늘도 고맙다. 랑!

꼴, 내가 생각하는 나의 모습은?

　말이란 참 대단합니다. 어쩌면 그렇게도 말하는 사람의 마음 상태를 잘 드러내 줄까요? 꼴이라는 말이 대표적입니다. '너 자신을 알라!'라는 말은 우리에게는 소크라테스가 한 말로 알려져 있지만, 사실은 그리스 아폴론 신전의 벽에 새겨져 있는 말이라고 합니다. 소크라테스는 그 말을 옮겼을 뿐이고요.

　이 말 속에는 자신을 좀 더 성찰하라는 철학적인 메시지가 담겨 있습니다. 그런데 이 말을 이렇게 바꾼다면 어떻게 될까요?

　'네 꼴을 알라!'

　제 분수를 알고 주제넘게 나서지 말라는 비아냥거림이 담기

게 됩니다. 같은 말이라도 꼴이라는 말이 주는 느낌은 좋지 않습니다.

  우리말에서 '꼴'이라는 말은 모습이라는 뜻으로 나쁜 뜻이 아니었습니다. 그런데 점점 좋지 않은 의미로 쓰이게 되었습니다. 꼴이라는 말은 보통 '그런 꼴을 하고'나 '그 꼴이 뭐냐?'와 같은 표현에 사용됩니다. 모두 부정적이지요. 좋은 모습이 아니라는 점을 강조하고 있는 것입니다. 모습이라는 표현은 중립적인 데 비해 꼴은 부정적인 느낌이 많습니다. 그래서 그런 모습은 보고 싶지 않다고 할 때, '꼴 보기 싫다'는 표현을 사용합니다. 이를 어렵게 표현하면 '꼴불견'이 됩니다.
  이 표현은 우리말과 한자가 얼마나 밀접하게 발전되어 왔는지를 보여 주는 예이기도 합니다. 꼴이라는 우리말에 불견不見이라는 한자어 표현이 합쳐져서 단어로 굳어진 예입니다. 좀 예스런 표현으로는 '꼴사납다'가 있습니다. 모두 보기 싫다는 의미입니다. 사나운 개라고 할 때는 억세다는 의미도 있지만 좋지 않다는 의미도 있습니다.
  그런 의미에서 세모꼴이나 네모꼴과 같이 꼴을 살려 쓰는 게 옳은가에 대한 생각을 하게 됩니다. 삼각형이나 사각형이라는 말이 한자어여서 꼴이라는 말을 썼을 것이나 감정까지 가져오지

않아서 약간은 이상한 표현이 되어 버렸습니다. 한자어를 우리
말로 바꿀 때는 느낌에 대한 고려도 이루어져야 합니다. 고유어
를 되살려 쓸 때도 마찬가지입니다.

꿀의 옛말은 '골'이었습니다. 우리말의 역사에서 예삿소리가
된소리가 되는 것은 일반적인 현상입니다. 우리가 잘 알고 있는
'꽃'도 옛날에는 '곶'이었습니다. 골의 형태가 남아 있는 어휘로
는 '몰골'을 들 수 있습니다. 몰골이라는 말도 형태라는 뜻으로
쓰입니다. 물론 주로 부정적일 때 씁니다. '몰골이 말이 아니다'
는 표현을 보면 금방 느낌을 알 수 있지요. 몰골의 의미는 형태
라는 뜻인데 몰골은 원래 몸의 골이라는 뜻이었습니다. 즉, 사람
의 전체적인 모습이라는 뜻입니다.

낯을 의미하는 얼굴이라는 말은 예전에는 '얼골'이었습니다.
그런데 얼골이라는 말은 현재의 '낯'과는 뜻이 달랐습니다. 사람
들이 민간 어원으로 얼굴을 '얼이 담겨 있는 굴'이라고 하는 경
우도 있는데 이는 틀린 것입니다. 얼굴은 낯뿐 아니라 사람의 전
체 형태라는 의미였습니다. 굳이 어원을 찾는다면 얼이 담긴 모
습에서 출발할 수는 있겠습니다. 아무튼 얼굴의 얼이 우리가 아
는 혼魂을 나타내는 얼인지는 정확하지 않다고 말할 수 있겠습
니다.

꼴을 더 나쁘게 표현할 때는 접미사를 붙이기도 합니다. 좀 특이한 접미사이기는 하지만 '-악서니'를 붙여서 '꼬락서니'라고 합니다. 비슷한 말로는 '꼬라지'라는 말도 있습니다. 이 말들은 단독으로 쓰여도 기분이 나쁩니다. 매우 부정적인 느낌을 담은 비속어라고 할 수 있습니다. '꼬락서니하고는' '꼬라지하고는'이라고 표현하는 경우가 많은데 상대의 모습을 비꼴 때 쓰게 됩니다. 남의 모습을 얕보는 표현이지요.

상대방의 모습을 더 비하하면서 쓰는 표현도 있습니다. 모습도 엉망인데 하는 일도 엉망이라는 뜻으로 '꼴값을 하다'라는 말을 합니다. 모자란 자기 수준에 딱 맞는 행동을 한다는 의미로 비꼬면서 씁니다. 값이라는 말이 값어치를 의미하는데 그 꼴에 해당하는 값어치밖에 못한다고 비아냥거리는 셈입니다. 이를 줄여서 '꼴에'라고 표현하기도 하는데 이는 자신의 수준에 맞지 않는 행동을 한다는 뜻으로 씁니다. 역시 비꼬는 말이지요.

반면 '꼴좋다'라는 말도 칭찬은 아닙니다. 원래 부정적인 의미인 꼴과 함께 쓰였기 때문에 부정적인 이미지를 담고 있는 것입니다. 잘난 척을 하더니, 남을 무시하더니 그 모양이 되었다는 비웃음의 표현입니다. 우리말에는 이렇게 꼴에 관련된 표현이 발달되었다고 할 정도로 많습니다. 하지만 대부분이 부정적이고, 비꼬고, 비웃는 내용이어서 사용하지 않는 게 좋겠습니다. 괜히 서로 언짢아져서 싸울 수 있습니다. 그야말로 서로 꼴이 말이 아니게 될 수 있습니다.

그런데도 굳이 다른 사람의 모습을 이야기할 때 꼴이라는 말을 사용해서 기분 나쁘게 할 필요가 있을까요? 자신의 모습을 소중하게 여기는 것은 좋은데, 남의 모습을 꼴이라고 부르며 얕보는 것은 좋지 않습니다. 나의 모습이 소중하다면, 다른 사람의 모습도 소중합니다.

종교에서는 이렇게 이야기하고 있습니다. 불교에서는 내가 세상에서 가장 귀하다唯我獨尊고 했습니다. 기독교에서는 너희는 모두가 하나님의 아들딸이라고 했습니다. 네가 하늘이고, 하나님의 아들딸이고, 하늘과 땅 사이에서 가장 귀한 존재라고 했습니다.

내가 귀한 것을 알아야 남이 귀한 것도 알 수 있습니다. 반대로 남이 귀한 것을 모르는 사람은 자신이 귀한 줄도 모르는 사람입니다. 그런데 우리는 내가 소중하다는 걸 모르고 남이 소중하다는 걸 모르기 때문에 남의 모습을 꼴이라는 말로 비하하고, 그런 말을 하는 자신까지 비하하고 있습니다.

'나는 가난하니까 가치가 없다.'

'나는 기가 작으니까 가치가 없다.'

'나는 얼굴이 못생겼으니까 가치가 없다.'

하지만 나를 가치 없게 만드는 것은 내가 귀한 줄을 모르기 때문에 일어나는 것입니다. 앞으로는 내가 소중하다는 것을 알고 다른 사람도 소중하게 여겨야 하겠습니다. 또한 꼴이라는 말을 자주 쓰지 않았으면 좋겠고, 그 말을 들었을 때는 그 말을 하는 사람이 자신도 남도 소중한 걸 몰라서 하는 말이라고 생각하세요. 그러면 그 말을 들어서 기분 나쁜 마음은 금방 사라지게 될 것입니다.

나쁜 마음이 사라지면 세상의 많은 문제들도 해결이 된답니다. 여러분이 생각하는 스스로의 모습은 어떤 것인가요? 귀한가요?

꿈,
내가 마음속에 담고 있는 나

나는 꿈을 통해 나를 반성합니다.

늘 좋은 꿈을 꾼다면 얼마나 좋을까요. 꿈속에서 만난 나의 모습은 가끔 낯설기 그지없습니다. 꿈속의 나는 분노에 차서 누군가에게 엄청 화를 내거나 때리기도 합니다. 꿈속에서는 많은 여인에게 유혹을 당할 때도 있습니다. 넘어갈 때도 있고, 넘어가지 않을 때도 있고, 어떨 때는 넘어갈 뻔하기도 합니다. 아슬아슬한 순간이지요.

악몽을 꿀 때도 있습니다. 악몽은 생각만 해도 끔찍합니다. 악몽에 식은땀을 흘리고 가위눌려 본 경험이 있다면 그 끔찍함을 이해할 것입니다. 저는 악몽이 정말 무섭습니다. 너무 무섭고 슬퍼서 꿈을 꾸며 눈물을 흘린 적도 있습니다.

좋은 꿈을 꾸는 것만큼 행복한 일도 없을 것입니다. 천국이 있다면 좋은 꿈을 반복해서 꾸는 세상이 아닐까 합니다. 반대로 지옥은 끊임없이 악몽을 꾸는 세상이겠지요. 생각만 해도 끔찍합니다.

우리는 꿈에서의 나는 진짜 나의 모습이 아니라고 생각합니다. 하지만 사실은 내가 평소에 마음속에 품고 있던 모습이 아닐까요? 실제로는 나의 모습인데 내가 아닌 것처럼 시치미를 떼고 있는 것이지요. 이렇게 생각하니 꿈을 꾸는 게 더욱 무섭습니다.

불교에서 말하는 수행의 단계가 있습니다. 낮은 단계는 언행일치의 단계입니다. 물론 이것도 쉽지 않지요. 그보다 더 높은 단계는 꿈과 현실이 똑같은 것입니다. 오매일여寤寐一如, 꿈속에서도 흐트러지거나 나쁜 일을 하면 안 되는 것이지요. 그래서 옛날에 수행자들은 꿈속에서 나쁜 일이 있으면 무척 괴로워했다고합니다. 아직 수행자로서 멀었다는 것이니까요. 가장 높은 단계의 수행은 생사일여生死一如, 삶과 죽음이 별개가 아닌 하나가 되는 단계라고 합니다.

우리말에서도 '꿈'이라는 단어는 좀 특이합니다. '꾸다'의 명사형이 그대로 명사가 된 말입니다. '얼음'도 비슷한 종류의 어휘입니다. 보통은 명사에서 동사나 형용사로 발달하게 되는데 이 말은 반대 방향으로 발달하고 있습니다. '불'에서 '붉다'가 '풀'에서 '푸르다'가 발달한 것을 생각해 보면 방향의 특이함을 알 수 있을 것입니다. 제 생각에는 구체적으로 꿈을 그릴 수 없어서 동사가 먼저 발달한 것이 아닐까 하는 추론도 해 봅니다. '자다'가 '잠'으로 발달한 것도 비슷한 이치라고 생각합니다. 꿈은 구체적이기도 하면서 구체적이지 않은 인간의 정신 현상이라는 생각이 듭니다.

저는 꿈은 가늠하기 어려운 힘이 잠 속으로 들어와 나에게 무언가 전해 주고자 하는 것으로 생각했습니다. 그래서 깨고 나면 괜히 기분이 좋거나 반대로 두려운 적이 많았습니다. 하루 종일 찜찜한 기분으로 있기도 합니다. 그런데 어느 날 꿈은 내 생각의 반영이라는 생각이 들면서 전혀 다른 생각을 하게 되었습니다. 꿈속의 세상은 내게 새로운 생각을 하게 해 주었습니다. 내 잠에 들어와 이야기를 하고, 화를 내고, 웃는 그 사람은 누구일까요? 이런 일은 어떻게 가능할까요?

생각해 보니 꿈은 일인다역一人多役의 세상입니다. 내게 투영되어 있는 그 사람의 모습, 말투, 습성이 내 생각대로 꿈에 나타납니다. 사실 그 사람은 내가 연기하고 있는, 달리 말해 내가 생각하고 있는 모습으로 꿈속에 나타난다는 것입니다. 꿈속에 나타난 사람들의 모습을 생각해 보세요. 그 사람의 모습은 정말 그 사람일까요? 아니면 내가 생각하는 그 사람일까요?

꿈에 나를 나무라는 사람이 나타났다면 그건 그 사람을 바라보는 내 태도입니다. 나를 나무라는 게 지나치게 싫었거나 나를 혼내지 말았으면 하는 내 생각을 연기하는 것일 수 있습니다. 어떤 경우에는 평상시에는 가만히 있었지만 한 번쯤은 참지 말고 폭발해야지 하는 나의 분노가 나타나는 경우도 있습니다. 보통 때는 어색하던 사람이 친한 모습으로 나타난다면, 그것도 내 바람이 연기로 나타난 것일 뿐입니다.

이런 꿈은 실현되기를 기도하기도 합니다. 좋은 생각을 많이 해야 좋은 꿈을 꿀 수 있습니다. 잠자기 전에 기도를 하는 것은 그런 의미에서 필요한 일입니다. 기도의 힘을 보면서 참 진리를 느낍니다. 다른 사람의 모습은 모두 내가 생각하고 있었던 세상을 연기하고 있는 것이기 때문입니다.

마치 영화감독처럼 내가 각각의 배역을 정해 놓은 것이겠지요. 이렇게 시켜 놓고 짐짓 나는 모르는 일인 양 시치미를 떼고 있는 것입니다. 종종 꿈이 섬찟섬찟한 것은 내 속마음을 들켰다는 생각 때문일 것입니다. 이런 날은 꿈이 하루 온종일 괴로운

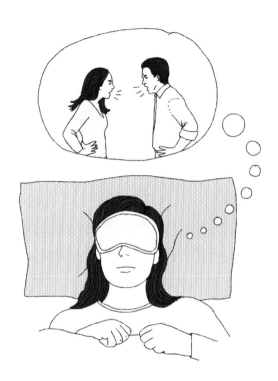

생각으로 남기도 합니다.

  꿈속에서 내 연기는 매우 사실적입니다. 꿈에서 나는 의외로
밝은 모습도 있고, 적극적인 모습도 있습니다. 평소에 말하지 못
했던 것을 말하기도 합니다. 그래서 두렵습니다. 사실은 연기가
아닐지 모릅니다. 내 마음을 숨김없이 그대로 담고 있기 때문에
꿈에서 가식假飾이란 없습니다. 내가 맘속에 담고 있던 나이기
때문입니다. 꿈속의 나는 거짓이 아닙니다. 그래서 나는 언제부
턴가 꿈속의 나를 통해 현실의 나를 반성하곤 합니다.

  오늘 밤에는 누가 내 연출에 따라 연기를 할까요? 누구를 통
해 내 속마음을 내어 보일까요? 한편으로는 기대가 되기도 하지
만 한편으로는 두렵기도 합니다. 그래서 때로는 꿈 없이 한숨 푹
자고 일어난 날이 더 상쾌하기도 합니다. 그리고 어떤 때는 꿈을
기억하는 것은 기억나지 않는 어젯밤의 술자리를 기억하는 것처
럼 찝찝합니다. 일인다역의 공간인 꿈에서 이렇게 나를 엿보는
내가 엉큼하다는 생각이 들기도 합니다. 꿈에서 좋은 사람을 만
나고, 좋은 이야기를 나누고, 기쁘게 깨어났으면 좋겠습니다. 이
왕이면 더 좋은 꿈을 꾸고, 더 아름다운 세상을 꿈꾼다면 좋겠습
니다.

우울,
스스로를 가두다

　세상에서 가장 힘든 병이 무어냐고 묻는다면 저는 우울증이라고 대답합니다. 우울증에 걸린 사람의 이야기를 들어보면 그 고통을 짐작할 수 있습니다. 제가 심하게 우울증을 앓아 본 것도 아니면서 쉽게 이야기하는 게 아닌가 하는 두려움도 있습니다만 우울증은 희망이 없는 병이기 때문입니다. 나을 희망이 없다는 의미가 아니라 본인이 희망을 갖지 않는다는 의미입니다.

　저도 불면증으로 한동안 고생을 한 적이 있는데, 잠이 오지 않는다는 것이 그렇게 큰 고통인 줄 몰랐습니다. 늘 퀭한 눈으로 세상을 보고, 다가오는 밤이 두려웠습니다. 내일이 오는 게 반갑지 않은 병이었습니다. 오늘보다 내일이 나을 거라는 생각이 없다면, 앞으로 좋은 일이 없을 거라고 생각한다면 어떤 기분일까요?

근심이 머릿속에 빽빽이 담겨 있다면, 다른 생각이 내 속에 들어올 틈마저 막고 있다면 어떨까요? 그러한 감정을 우리는 '우울하다'라고 합니다. 우울의 한자는 근심할 우憂에 빽빽할 울鬱입니다. 생각만 해도 답답하지요. 사실 울鬱이라는 단어에는 답답하다는 뜻도 있습니다. 여유가 없으니 답답할 수밖에 없을 것입니다. 그럴 때 쓰는 어휘가 우리말에서는 '짜증'입니다. 짜증 역시 자신을 쥐어짜서 빈 공간을 만들지 않습니다. 다른 사람이 들어올 수가 없지요.

우울이나 짜증의 문제는 다른 사람과 함께하지 않는다는 점입니다. 나 혼자 버려져 있다는 생각, 모든 것을 나 혼자 해결해야한다는 생각이 점점 스스로를 가두게 됩니다. 당연히 힘들 수밖에 없습니다. 그런데 우울은 보는 사람마저도 힘들게 합니다. 우울이 함께하는 삶을 방해합니다. 가족 중 한 사람이 우울한데 다른 사람이 기쁠 수는 없습니다. 그런 가족이라면 이상한 가족이겠지요.

영어에서는 블루blue를 우울하다고 말합니다. 우리말에서는 푸른색이 희망을 나타내는데 영어에서는 푸른색이 우울함도 나타낸다는 점이 특이합니다. 우리말의 푸른색도 다양한 장면에서 쓰입니다. 보통은 긍정적이지만 때로는 그렇지 않은 경우도 있습니다. 예를 들어 퍼렇게 멍이 들었다는 말에서 희망을 찾을 수는 없겠지요. 영어에서 우울을 의미하는 블루는 주로 한밤중의 어스름한 푸름을 의미합니다. 이런 상황을 우리말에서는 '어슴푸레'라고 합니다. 어두워서 희미한 모습을 나타내는 표현인데 '푸레'는 푸르다와 관계가 있어 보입니다. 정확한 어원은 공부가 필요할 것 같습니다.

한밤의 푸름에서 희망을 발견하기는 어렵겠지요. 혹시 편안함을 느끼는 사람도 있을 수 있겠습니다만, 보통은 하루의 시간이 다음 날의 시간으로 바뀌는 때에는 쓸쓸한 감정이 들곤 합니다. 무언가 뚜렷하지 않은 광경과 새어 나오는 희미한 빛에서 느끼는 외로움도 있지요. 블루는 그런 가라앉은 느낌입니다. 블루스라는 음악은 그런 감정을 노래하고 있습니다.

우울은 나쁜 감정인가 묻는다면 대부분의 사람들은 당연히 예라고 대답할 것입니다. 저는 오히려 사람이라면 누구나 갖는 평범한 감정이라고 말하고 싶습니다. 하루를 살펴보면 해가 뜨는 새벽도 있고, 맑은 아침도 있고, 쨍쨍한 낮도 있고, 노을빛 가득한 저녁도 있습니다. 물론 어두운 밤과 어슴푸레한 시간도 있겠지요. 그래서 우울한 감정은 흐름에 따라 지나가게 두는 것이 가장 좋습니다. 명상을 가르치는 분께 나를 괴롭히는 감정을 없애려 하지 말고 흘려보내라는 말을 들은 적이 있습니다. 없애려 하는 마음조차 집착이 됩니다.

늘 우울할 것이라 생각하는 마음이 스스로를 괴롭힙니다. 계속 밤만 있을 거라는 두려움이 감정 속에 우울을 빼곡히 채워 놓습니다. 자꾸 마음이나 기분이 가라앉게 됩니다. 이럴 때 쓰는 한 자어가 '침울'입니다. 침울沈鬱은 우울한 마음으로 점점 가라앉는 상태를 표현합니다. 정말 힘든 감정이 아닐 수 없습니다. 저는 우울이라는 단어를 보면서 흘려보낸다는 말도 함께 떠올립니다. 언젠가 지나갈 것입니다. 없애려 하지 말고 떠나보내야 하겠습니다. 마음속에 빈 공간을 만들어야겠습니다.

가난, 나쁜 것이 아니다

가난한 사람과 부자는 왜 있는 걸까요? 누구는 왜 가난하고 누구는 왜 부자일까요? 우리 부모님 세대만 해도 열심히 공부하고 열심히 일하면 가난했던 사람도 부자가 되고, 사회적인 지위도 얻을 수 있었지요. 그런데 점점 갈수록 가난한 사람은 가난의 굴레에서 헤어나지 못하고, 부자는 대를 이어 부자로 사는 세상이 되어 가는 것 같습니다.

더욱 마음이 아픈 것은 청년 실업률이 높아져 처진 어깨를 한 청년들이 점점 더 많이 보인다는 것입니다. 지금이 아무리 힘들어도 꿈을 꾸는 청년들은 결코 가난하다고 생각하지 않습니다.

그런 사람은 처진 어깨가 아니라 어깨를 당당히 펴고 세상을 누비지요.

가난이란 무엇일까요? 여러분은 가난을 무엇이라고 생각하나요? 가난이란 나쁜 것이 아닙니다. 그렇습니다. 가난이 우리에게 더욱 힘겨운 것은 '가난은 나쁜 것'이라고 생각해서입니다.

가난이라는 말을 보면 마치 집이 어려운 것처럼 보입니다. 한자를 가난家難이라고 생각하기 때문입니다. 하지만 본딧말은 간난艱難이라는 말입니다. 이 말은 '몹시 힘들고 고생스러움'이라는 뜻입니다. 꼭 경제적인 어려움만을 의미하는 말은 아닙니다. 그런데 왜 간난은 주로 경제적인 어려움을 의미하게 되었을까요? 힘들고 고생스러운 일이 경제적인 문제 외에 가족 문제, 건강 문제 등 다양하게 있는데도 말입니다.

우선 글자의 모양으로 보면 니은과 니은이 겹쳐져서 하나를 생략한 것으로 보입니다. 동음생략이라고 할 수 있습니다. 간난이 가난으로 변한 거지요. 같은 음이 반복되면 하나를 생략하는 현상은 언어학에서 일반적입니다. 이렇게 간이 가로 변하면서 '집 가家'로 착각하게 된 것입니다. 잘못 분석한 셈이지요.

가난은 나쁜 것이 아닙니다. 이는 공자께서 하신 말씀이기도 합니다. 《논어》에 보면 공자께서 '빈이무원난 부이무교이貧而無怨

難 富而無驕易'라고 한 말씀이 나와 있습니다. '가난한데 원망하지 않기는 어렵고, 부유한데 교만하지 않기는 쉽다'라는 뜻입니다. 이 문장을 읽으면서 저는 사실은 둘 다 어려울 거 같다는 생각이 들었습니다. 넉넉한 사람이 교만하지 않는 것도 쉬운 일이 아닙니다. 넉넉한 사람이 가난한 이를 이해하는 것은 매우 어려운 일이기 때문입니다. 만약 넉넉한 이가 가난해진다면 어떻게 살까를 생각해 보면 넉넉한데 교만하지 않는 것도 높은 경지라는 생각이 듭니다.

물론 공자의 말씀에도 나와 있듯이 가난한데 원망하지 않는 일은 정말 쉬운 일이 아닙니다. 공자는 《논어》에서 여러 번 안빈낙도安貧樂道를 언급하고 있습니다. 가난하지만 만족하고 즐기는 상태는 정말로 어려운 일이 아닐 수 없습니다. 원망을 안 하는 정도가 아니라 오히려 만족하는 삶이라니 진정한 경지에 오른 인생입니다. 종종 안빈낙도를 꿈꾼다고 이야기하는 사람도 있는데 그것도 어쩌면 교만이라는 생각이 듭니다. 실제로 그런 삶이 다가오면 얼른 회피하고자 할 수 있기 때문입니다.

우리는 답을 알고 있습니다. 가난한 것은 결코 나쁜 일이 아닙니다. 지금 우리가 가난하다면, 나에게 힘든 일이 닥친다면, 그건 나쁜 게 아니라 공부를 하라는 것입니다. 세상을 원망하고 자신을 탓하라는 뜻이 아닙니다. 이것만 알아도 가난 때문에 괴롭고 힘들지는 않을 것입니다. 비록 가난하지만 그 속에서 즐거움을 찾을 수 있을 것입니다. 그게 물론 쉽지 않은 일이지요.

그래서 배우고 공부해야 합니다. '호학好學'이 《논어》에 자주 나오는 것도 이 때문일 것입니다. 올바로 배운 사람만이 원망하지 않을 수 있고, 안빈낙도를 할 수 있습니다. 《논어》에서는 안빈낙도를 한 사람으로 공자께서 가장 아끼던 제자 안회顏回가 나오는데, 안회가 바로 호학의 대명사로 언급되는 제자이기도 합니다. 제대로 배운 사람이라야 삶을 사랑할 수 있다는 깨달음을 줍니다.

부처님의 제자 사리풋타 또한 안회와 같은 사람입니다. 부처께서 사리풋타를 이야기할 때 '사리풋타는 욕심이 적어 만족할 줄 알았으며 늘 용감했다'라고 했습니다. 안회와 같은 모습이지요. 만약 안회와 사리풋타 두 사람이 만난다면 어떨까 하는 생각을 합니다. 아름다운 장면이 아닐까요?

하지만 가난이 지금 나에게 닥친 상황이라면 원망하지 않고 살기가 어려울 것입니다. 내가 가난해서 내 아내와 자식이 굶고 있다고 생각한다면 더더욱 괴로울 것 같습니다. 그래서인지, 가난이라는 단어를 보면서 몹시 힘들고 고생스러움이라는 뜻에 가

슴이 아팠습니다. 저 역시 안빈낙도를 부러워하며 그런 인생을
살기 위해 열심히 배워야겠다고 생각하지만, 나의 문제가 된다
면 과연 그럴 수 있을지 의문입니다.

가난해서 원망스러운 마음이 들 때면, 힘들어서 세상 탓 자신
탓을 하는 마음이 들 때면 '가난은 나쁜 것이 아니다'라는 말을
꼭 떠올리세요. 이 말을 기억하면 나에게 많은 위로와 힘이 될
것입니다. 내 마음이, 지금 내 상황이 더욱 비참하게 빠지는 걸
막을 수 있을 것입니다. 어려울수록 더 고민해야 합니다.

우리는 왜 싸울까요? 형제자매끼리, 연인끼리, 부부끼리 싸울 때 보면 아주 사소한 문제로 싸우는 경우가 많습니다. 사소한 문제로 싸움이 시작되었다가 감정싸움이 되면서 큰 싸움으로 번지기도 합니다. 작게는 개인과 개인의 싸움도 있고, 크게는 국가와 국가 간의 싸움, 종교와 종교 간의 싸움도 있습니다.

　그런데 아마도 싸움의 대부분은 '오해' 때문에 시작될 것입니다. 이미 오해가 생겼다면 그 오해를 잘 풀어야 할 텐데, 오해를 푸는 방법을 잘 몰라 싸웁니다. 요즘 사람들은 주먹다짐을 하며 싸우기도 하지만, 온라인에서 싸우는 경우도 많습니다. 그게 훨씬 더 심각한 문제를 일으키기도 합니다.

나라마다 사람들이 왜 싸우는지를 잘 살펴보면 그 나라의 문화를 엿볼 수 있습니다. 우리나라 사람들이 싸우는 광경을 보고 외국인들은 흥미로워할 때도 있지만, 의아하게 여기는 경우도 많습니다. 간혹 우리 문화를 이해하지 못해 더 큰 오해를 부를 때도 있습니다.

우리가 싸우는 가장 큰 이유는 어이없게도 '쳐다봐서'입니다. 눈을 마주쳤다는 이유로 싸움이 시작되는 것입니다. '뭘 쳐다봐!'가 싸움의 첫마디인 경우가 많습니다. 똑바로 쳐다보거나 째려보거나 아니면 그냥 보기만 해도 싸움의 원인이 되는 거지요. 눈을 마주하고 이야기하는 게 예의인 서양 문화에서는 이해가 안 되는 장면일 것입니다. 특히 야단을 맞을 때 어른의 눈을 쳐다보지 않는 게 문제가 되는 서양 문화와 쳐다보는 게 오히려 문제가 되는 우리나라 문화 사이에서 혼란스러울 수밖에 없습니다. 다른 나라 사람을 만났을 때 상대방을 쳐다봐야 할지 말아야 할지 선택의 순간이 어쩌면 길게 느껴질 수 있습니다.

두 번째는 '말대꾸'입니다. 우리나라 사람은 '어디서 말대꾸야!'라는 말로 상대편의 기를 죽입니다. 아이들이나 아랫사람은 윗사람의 말에 대꾸를 해서는 안 되는 거지요. 이는 무례한 행동으로 취급을 받습니다. 하지만 많은 문화에서는 대답을 하지 않는 것을 오히려 반항으로 생각하고 나쁜 행동 취급합니다.

그래서인지 우리나라 학생들이 미국이나 다른 나라에 공부하러 가면 참 고생이 많다고 합니다. 어릴 때부터 '어른에게 말대꾸하지 마라' '어디서 눈을 똑바로 쳐다보니'라는 말을 들으며 자라니, 외국에 가서도 사람을 안 쳐다보고 말대답도 하지 않습니다. 그래서 오해를 사는 경우가 많습니다. 서로의 문화가 달라서 생기는 일입니다.

그럼 어찌해야 할까요? '어른들의 눈을 똑바로 쳐다보지 않고' '말대꾸를 하지 않는' 우리 문화의 특성을 얘기해 주면 됩니다. 우리는 말대꾸를 변명으로 생각하기 때문에 상대와 나의 생각이 다를 때는 서로의 생각 차를 좁힐 수 있는 대안을 제시하는 게 낫다는 바람을 담은 것이라는 것을요.

문화의 차이에서 생기는 오해는 그 문화를 이해하면 바로 풀리는 만큼 문화의 차이가 싸움이 되어서는 안 됩니다. 마찬가지로 상대의 오해를 푸는 방법도 그 사람을 이해하는 것입니다. 싸운다고 오해가 풀리는 경우는 절대 없습니다. 싸우면 오히려 감정이 다칩니다.

세 번째 이유는 '반말을 해서'입니다. 이건 아마 다른 나라 사람들은 잘 이해하기 어려울 것입니다. 세계의 언어에는 반말과 존댓말의 구별이 없는 언어가 대부분이기 때문입니다. 이런 구별이 있는 언어는 한국어와 일본어, 자바어 정도입니다. 그러니 반말을 했다고 싸운다는 것은 이해할 수 없는 일일 것입니다. 하지만 반말과 존댓말이 있는 언어인데 존댓말을 해야 할 상황에서 반말을 하는 것은 엄청난 도전이겠지요. 싸우자는 의사표시인 셈입니다.

평상시에 반말을 하던 사람이 싸울 때 반말을 하는 것은 큰 문제가 아닙니다. 그런데 평상시에는 존대를 잘 하다가 갑자기 반말을 하면 그건 상대에 대한 나의 생각이 바뀌었음을 보여 주는 행위가 되는 거지요. 반말을 했다는 것은 사건이 있었다는 뜻입니다. 반말은 큰 충돌을 불러일으킵니다. 화가 나면 말이 짧아집니다. 말을 반만 하는 반말이 됩니다. 우리는 언제 말이 짧아지나요?

그 밖에도 우리는 인사를 안 해서 싸우기도 하고, 웃었다고 싸우기도 합니다. 싸울 일도 참 많습니다. 나는 인사를 한다고 했는데, 상대편이 못 본 경우에도 오해가 생깁니다. 윗사람이 심각하게 이야기하고 있는데, 갑자기 웃음이 터지면 이것도 심각한 문제가 됩니다. '웃어?'라는 말이 주는 느낌을 생각해 보면 함부로 웃어도 안 되겠구나 하는 생각이 들 것입니다.

다른 나라 사람은 언제 싸우는지 공부해 보면 문화에 대한 이해가 깊어질 수 있습니다. 그리고 왜 싸우는지를 살펴보면 그 나라 사람이 무엇을 싫어하고 무엇을 좋아하는지 알 수 있습니다. 가능하면 남들이 싫어하는 일은 피하는 게 좋겠지요. 오해가 생길 만한 일은 아예 안 하는 게 낫습니다.

하지만 다른 나라 사람들과 교류가 많아지면서 어떻게 해야 할지 망설여지는 경우가 생깁니다. 서로 다른 문화에서 오해를 없애는 바른 길은 진정성입니다. 진심은 서로 통하게 마련입니다. 서로에 대한 존중과 배려 그리고 깊은 이해가 싸움을 줄입니다. 싸움도 문화입니다.

물,

다양한 모습으로 우리 곁에 있는 것

늘 우리와 함께해서 쉽게 잊고 사는 것들이 있습니다. 물, 공기, 햇빛이 그렇지 않을까요? 그중에서도 물은 몇 시간만 곁에 없어도 갈증을 견딜 수 없습니다. 있을 때는 소중함을 잘 못 느끼다가 없으면 그 소중함을 절대적으로 느끼지요. 물이 언제 어떻게 우리에게 필요한지는 이루 말할 수 없을 정도로 많습니다.

물은 우리 주변에서 다양한 모습으로 나타납니다. 하늘에서 떨어지기도 하고, 우리 곁을 흘러가기도 하지요. 때로는 고여 있기도 하고 솟아나기도 합니다. 우리 몸속의 70%도 물이라고 하니 우리는 물속에서 사는 것이라고 할 수도 있겠네요. 엄마의 뱃

속도 물속이었지요. 그래서일까요. 우리에게 가장 간절한 물은 몸속을 지나 눈물이 되어 나오기도 합니다.

　물의 어원을 찾다 보면 물의 다양한 모습을 만나게 됩니다. 원래 한 단어의 어원을 찾아가는 것은 마치 얽히고설킨 실타래를 푸는 것과 같을 때가 있습니다. 그러면서 마치 수수께끼를 푸는 것 같은 즐거움도 맛보게 됩니다. 물은 참 많은 단어에 담겨 있는, 없어서는 안 되는 단어입니다.

　물과 연관된 어휘로는 우선 '맑다'가 있습니다. 맑다는 중세 국어에서 '맑다'로도 나타납니다. 맑다와 함께 쓰이는 어휘들은 대부분 액체에 해당합니다. 물이나 국이 대표적인 예지요. '맑다'와 연관되는 어휘로는 '마르다'가 있습니다. 목이 마르다고 할 때 쓰이는 표현이지요. 여기에서 '말' 역시 물과의 의미적 연관성을 찾아볼 수 있습니다. 물에 젖은 것이 마르는 것이기 때문입니다.

　'마'도 물과 관련이 됩니다. 가장 대표적인 어휘로는 '장마'를 들 수 있습니다. 장마는 긴 물이라는 뜻입니다. 재미있는 것은 '메마르다'의 옛말이 마마르다라는 점입니다. 메마르다는 말은 물기가 없다는 뜻이므로 '마마르다'의 마를 물의 의미로 볼 수 있습니다. 물이 마른다는 의미입니다. '마파람'은 물기를 가득 머금은 바람으로 여름에 남쪽에서 부는 바람을 의미합니다. 여기서도 마를 찾을 수 있지요. 한편 고구려어에서 물을 매買라고 한 것도 흥미롭습니다. 수성水城을 매홀買忽이라고 했습니다.

'못'도 물과 관련된 어휘로 볼 수 있습니다. 못을 연못이라고도 하는데, 연淵도 못이라는 뜻입니다. 같은 뜻이 반복된 동의중첩의 어휘라고 할 수 있습니다. 못과 관련된 용언은 보이지 않는데, 모음교체된 '맛'에 해당하는 용언은 찾아볼 수 있습니다. '마시다'의 경우가 여기에 해당합니다. 마시는 것은 액체와 관련된 행위이기 때문에 마시다의 경우도 물과의 관련성을 생각해 볼 수 있습니다.

물은 '미'의 모양으로도 나타납니다. 나리 중에 물가에서 피는 것은 개나리, 물속에서 자라는 것은 미나리가 있습니다. 여기에서 미는 물의 의미라고 할 수 있습니다. 이는 개구리의 예에서도 비슷하게 찾아볼 수 있습니다. 개구리는 개굴개굴 울어서 개구리라고 한다는 입장이 대부분입니다. 하지만 개구리라는 단어가 문헌에 나타나는 것은 17세기 정도입니다. 그 전까지는 '머구리'라는 표현으로 나타납니다. 아마 머굴머굴 울어서 머구리라고 하지는 않았을 것입니다.

따라서 개구리는 개굴개굴과 관계가 없을 수도 있습니다. 개구리를 개나리와 연계하여 살펴보면 재미있는 예를 발견하게 됩니다. 바로 '미꾸라지'입니다. 미꾸라지는 중세국어에서 미꾸리로 나타납니다. 여기에서 개와 미의 차이를 살펴볼 수 있지요. 미꾸라지의 미도 물의 의미라고 볼 수 있는 것입니다. '미더덕'에서도 미를 찾을 수 있습니다. 일본어에서 물이 미로 나타나는 경우가 있는 것도 흥미롭습니다. 일본의 도시 미토水戶에서 미는 물이라는 뜻입니다.

물과 관련된 어휘로 '맑다, 묽다, 말다, 마르다, 마, 미' 등의 어휘를 찾았습니다. 참 다양하지요. 어휘의 어원은 인간의 사고를 찾아가는 순례의 길과도 같습니다. 물과 연관된 어휘가 이토록 많은 것처럼 물은 더욱 다양한 모습으로 우리 곁에 와 있습니다. 슬픔과 기쁨을 나타내는 것도 눈물이라는 물입니다. 물은 우리가 슬플 때도 기쁠 때도 필요한 것이지요. 물의 소중함을 가장 잘 표현한 말이 '사막의 오아시스'가 아닐까 합니다. 사막에 나무도 필요하고 그늘도 필요하겠지만 사막에서 물이 없다면 정말 끔찍할 것 같습니다.

물은 이렇게 다양한 모습으로, 우리에게 필요한 존재로 함께합니다. 늘 같은 모습으로 있는 게 아닙니다. 우리도 다양한 모습으로 사람을 만나고, 서로가 서로에게 필요한 존재가 되어 준다면 어떨까요?

맛,
모든
맛이
다르다

요즘 TV에는 음식과 관련된 프로그램이 참 많습니다. 요리사
도 아주 인기 직업이 되었습니다. 맛있는 음식을 먹는 건 참 행
복한 일입니다. 세상에 먹는 재미가 없다면 사는 재미의 반이 준
다고 해도 과언이 아닐 것입니다. 미식가들은 맛을 찾아서 세계
여행을 다니기도 합니다. 맛은 단순하게 미각을 떠나 우리의 삶
을 윤택하게 해 주는 하나의 문화가 되었습니다. 어떤 음식을 먹
는가가 그 사람의, 그 지역의, 그 나라의 문화가 됩니다.

세상에는 수많은 종류의 맛있는 음식이 있고, 사람에 따라 맛
있다고 생각하는 기준도 다릅니다. 얼핏 맛은 단순해 보이지만

결코 단순하지 않은 게 맛입니다.

우리말에서도 '맛'이라는 단어는 많은 생각을 하게 합니다. 우선 맛은 '멋'과 닮아 있습니다. 모음을 약간 바꾸어서 기분 좋은 다름을 만들었습니다. 맛이나 멋이나 다 좋은 말입니다. 그래서일까요? 맛있다와 멋있다는 발음의 규칙에서도 비슷합니다. 잘 눈치 채기 어렵겠지만 요즘은 대부분의 사람들이 [마싣따] [머싣따]라고 발음합니다. 전에는 [마딛따] [머딛따]라고 했지만 이제 중간에 쉼을 두지 않아서 그렇습니다. 예를 들어 '옷 있다'라는 말을 [오싣따]라고 발음하지는 않습니다. 중간에 잠깐 쉼을 두어야 하는 것입니다. 앞말과 뒷말을 구별하기 위한 것이지요.

그런데 맛과 멋의 경우는 매우 예외적으로 있다와 구별 없이 한 덩어리가 되었습니다. 반면에 없다와는 한 덩어리가 되지 않습니다. [마덥따] [머덥따]로 발음하는 것을 보면 알 수 있습니다. 위의 옷 있다처럼 중간에 쉼을 둔다는 뜻입니다. 있다와 없다를 달리 보는 것이 특이합니다.

이러한 표현은 맛이나 멋은 있는 게 당연하다는 의미도 됩니다. '맛있다'라는 말은 참 재미있고 좋은 말입니다. 맛은 어떤 맛이라도 있기만 하면 좋다는 뜻이기 때문입니다. 달콤한 맛만 맛있는 게 아닙니다. 우리의 맛을 살펴보면 다양한 맛이 맛있게 존재합니다. 씀바귀 같은 나물은 쓰지만 맛있다고 합니다. 불같이 매운 맛도 좋아합니다. 삭힌 음식의 구수한 맛은 말할 필요도 없습니다. 사람의 취향에 따라 다르기는 하지만 삭힌 홍어나 과메기 등은 오히려 별미 대접을 받습니다. 나라마다 있는 이상한 음식은 그 나라에서는 인기 음식인 경우가 많습니다.

어떤 맛이라도 있는 게 맛있는 거라는 점은 많은 위로가 됩니다. 세상에 자기 맛을 지니지 않은 음식은 없기 때문입니다. 그러기에 모든 음식은 맛있는 음식이 됩니다. 단지 가끔 서로의 취향이 맞지 않은 경우가 있을 뿐입니다. 모든 이가 다 좋아하는 것은 애초에 불가능할 수도 있겠습니다. 사람 관계에서도 모두에게 인정받으려고 하는 욕구가 오히려 짐이 됩니다. 일부는 기대에서 털어 내야 합니다. 서로의 입맛이 다르기 때문입니다.

달콤한 음식을 정말 좋아하는 사람도 있고, 별로 좋아하지 않는 사람도 있습니다. 아예 몸에서 거부하는 경우도 있습니다. 매운 음식과 신 음식을 엄청나게 좋아하는 사람도 있습니다. 지켜보면 때로는 웃길 때도 있습니다. 땀을 뻘뻘 흘리거나 인상을 쓰면서도 맛있다고 하며 먹습니다. 안 먹으면 될 것 같은데, 매운 게 정말 맛있답니다. 눈치챘겠지만 저는 매운 음식을 잘 못 먹습니다.

이렇게 사람마다 식성이 다릅니다. 자세하게 들어가면 좋아하는 음식이 다릅니다. 어떤 사람은 고기를 안 먹고, 어떤 사람은 해산물을 안 먹습니다. 무엇을 안 먹는다고 나쁜 건 아닙니다. 다를 뿐이지요. 그렇기 때문에 서로에 대한 이해가 필요합니다. 저런 음식을 왜 먹는지 이해가 안 된다고 이야기하는 사람이 있습니다. 사실 저는 금방 이해가 됩니다. 식성이 다른 것입니다. 사람이 다른 것입니다. 사람은 모두 다릅니다.

저는 맛에 관한 표현을 볼 때마다 제가 갖고 있는 맛이 궁금해집니다. 제가 지닌 어떤 맛이 사람들을 즐겁게 할까요? 이렇게 사람이 지닌 맛을 우리는 멋이라고 합니다. 저마다 제멋에 산다는 말은 약간 반항처럼 들리기도 하지만 본질적으로는 맞는 말이기도 합니다. 자기의 멋을 발견하는 일은 필요한 일이고 필수적인 일이기도 합니다.

또한 만나는 사람마다 지닌 맛과 멋도 잘 찾아내고 싶습니다. 자기의 맛과 멋만 소중하고 남의 맛과 멋을 무시한다면 문제가 됩니다. 그걸 우리말로는 '제멋대로'라고 합니다. 이 말은 좋지 않은 표현이 됩니다. 왜냐하면 남의 맛을 존중하지 않고 이기적으로 사는 것이 제멋대로의 삶이기 때문입니다.

서로를 존중하면 맛있는 세상, 멋있는 삶이 늘 우리 앞에 있습니다. 다른 사람과 함께 맛있고 멋있는 삶을 살고 싶습니다. 이왕이면 저의 맛을 좋아하는 사람이 많으면 좋겠네요. 그게 바로 사는 맛이 아닐까요?

바보,
나만 생각하는 위험한 사랑

　요즘 바보들이 참 많습니다. 딸바보, 아들바보, 손자바보, 손녀
바보, 엄마바보, 아빠바보……. 왜 이렇게 바보가 많아졌을까요?
한때 바보는 '바라보고 있어도 보고 싶은 사람'의 줄임말이라는
농담도 유행했지요. 바보들이 많아진 데는 이 농담과도 무관하
지 않아 보입니다. 한 사람만 줄곧 바라보고 있다면 어떻게 될까
요? 집착이 생길 수밖에 없습니다. 우리말에서도 그것을 잘 보여
주고 있습니다.

　바보에 대해서는 여러 어원이 있지만 '보'가 사람을 나타낸다
는 점에는 의견이 대부분 일치합니다. 먹보, 울보, 뚱뚱보, 잠보

등 다양한 보들이 있지요. 바보는 머리가 안 좋은 사람에게만 쓰는 표현이 아닙니다. 바보는 어리석은 일을 하는 사람에게 폭넓게 쓰입니다. 그래서 우리는 종종 연인 사이에도 '바보!'라는 표현을 씁니다. 그런 말을 들어도 별로 기분이 나쁘지 않습니다. 연인끼리 바보라는 소리를 듣고 기분이 나빴다면 계속 사귀기 힘든 사람들이겠지요.

바보는 어원적으로 '밥+보'라는 견해가 있습니다. 예전에는 먹는 욕심이 지나치게 많으면 바보라고 본 것 같습니다. 생각해 보면 먹는 욕심이 많아지면 바보가 되는 것도 같습니다. 배가 불러 죽겠다고 하면서도 꾸역꾸역 먹으면 바보가 아닐까 합니다. 특히 주변에 굶는 사람이 있는데도 제 배만 채운다면 바보가 아닐 수 없습니다. 음식에 대한 허황된 집착이 사람을 바보로 만들곤 합니다.

딸바보, 아들바보가 왜 나쁘겠습니까? 내 아이만 소중하다고 생각하니까 문제인 것입니다. 스스로를 딸바보라고 말하는 사람이 있는가 하면, 다른 사람을 소개할 때 딸바보라는 호칭을 붙여 주기도 합니다. 그러면 그 사람은 화를 내기는커녕 벙실거리며 웃습니다. 진짜 바보처럼 말이지요. 저는 딸바보, 아들바보라는 말에서 사랑도 느끼지만 집착도 느낍니다. 바보는 잘못 나아

가면 집착의 모습이 되기 때문입니다. 내 아이를 소중하게 생각하는 마음은 좋지만, 그것 때문에 다른 걸 보지 못한다면 문제인 거지요.

아이한테 집착이 점점 심해져서 아이가 없으면 아무것도 못하고, 아이는 반대로 자립성이 없어져서 부모가 없으면 아무것도 못하지요. 부모도 자식도 서로가 없으면 아무것도 못하는 세상이 되어 가고 있습니다. 심지어는 내 아이가 식당이나 지하철에서 심하게 장난을 쳐서 다른 사람에게 피해를 줘도 야단을 칠 생각도 안 합니다. 예전에는 동네 사람들이 같이 아이를 교육했다면, 지금은 남의 집 아이를 함부로 나무라거나 가르치지 못하는 세상입니다.

아이를 사랑하는 것은 좋지만 내 아이와 다른 아이를 구분해서 내 아이만 바라보다 보면, 내 아이가 다른 아이와 어울리는 것도 방해하고, 결국 사회에서 잘 어울리지 못하는 아이가 될 가능성도 있습니다.

점점 자식이 하나 또는 둘밖에 없는 세상이 되어 가니 이해는 갑니다만, 세상의 거친 들판에 맞설 힘을 빼앗는 것은 아닌지 생각해 보기 바랍니다. '내 자식이 귀하면 남의 자식도 귀한 줄 알아야 한다'는 속담이 있습니다. 그게 바로 바보에서 벗어나는 길입니다. 우리 속담은 이렇게 정곡을 이야기하고 있습니다.

세상을 더 귀하게 보는 눈을 가짐으로써 딸, 아들이 어려움을 이겨 내고 홀로 설 힘을 키울 수 있습니다. 집착으로 인한 바보가 아니라 나누는 사랑의 사람이 되어야 합니다.

또한 딸바보가 가정적인 것처럼 묘사되기도 하는 것 같습니다. 그러다 보니 가족 관계도 아내와 남편 중심이 아닌 자식 중심의 삶으로 변화하게 됩니다. 가족 관계가 자식에게 지나치게 몰두해 있으면 많은 어려움이 찾아올 수 있습니다.

자식을 사랑하지 말라는 말이 아닙니다. 딸바보, 아들바보 같은 위험한 사랑을 하지 말고, 더 사랑하라는 말입니다. 대신 내 아이만 생각하지 말고 주변의 아이들도 돌아보시라는 말씀입니다. 가능하다면 내 딸, 아들과 함께 주변에 사랑을 나누면 더 이상 집착의 바보는 되지 않을 것입니다.

빛,
은혜를
갚다

빚을 지고 마음 편히 사는 사람은 없을 것입니다. 사람들은 왜 빚을 지는 것일까요? 빚이란 빌린 사람과 준 사람의 입장이 다르게 마련입니다. 예전에는 빌려준 사람은 잊어버리고 빌린 사람은 꼭 기억하는 경우가 많았습니다. 빚이란 빌려준다는 측면도 있지만 도와준다는 측면도 있었습니다. 그런데 지금은 반대인 경우가 훨씬 많은 듯합니다. 빌려준 사람은 반드시 기억하고 빌린 사람은 간혹 잊어버리고 사는 건 아닌지 생각해 봐야겠습니다.

책을 읽다가 인도유럽어나 잉카어 등에서 '빚'에 해당하는 단어가 범죄나 잘못과 어원이 같다는 부분에서 갑자기 우리말 '빌다'가 떠올랐습니다. 여러분은 빚이 있나요? 어떤 빚이 있나요? 우리는 물질적인 것만을 빚이라고 하지 않습니다. 누구의 도움을 받았을 때도 빚을 졌다고 합니다. 어쩌면 '은혜'라는 말은 빚의 고급스러운 표현일 수도 있겠습니다. 빚을 갚는다는 말이나 은혜를 갚는다는 말이 그다지 다르게 느껴지지 않기 때문이지요. 우리가 지고 있는 빚은 그게 물질적이든 정신적이든 간에 불편한 경우가 많습니다.

그러니 빚이 많은 사람이 행복하기는 어렵겠지요. 불편한 마음으로 사는데 행복하다면 이상한 게 아닐까요? 빚이 사람과 사람을 잇고, 사람과 사회를 잇습니다. 그것도 불편하게. 빚이 폭력을 부르고, 빚이 사람을 노예로 만듭니다. 빚이 사람을 살인으로 이끌기도 하고, 자살로 몰아가기도 합니다. 범죄의 대부분이 빚에서 시작된다는 점에서 빚과 죄가 어원적으로 같다는 것은 우연이 아닐 것입니다. 빚이 범죄가 되는 것이지요.

빚을 지면 자꾸 봐 달라고 빌게 됩니다. 빚이라는 것은 원래 빌린 것이라는 뜻입니다. '빌리다'의 원 단어는 빌다입니다. '빌어먹다' 등의 표현을 생각해 보면 금방 알 수 있습니다. 빌다는 어원적으로 빚과 관련이 있어 보입니다.

그런데 흥미로운 것은 빌다라는 단어가 용서를 구한다는 의미의 빌다와 음이 같다는 점입니다. 예전에는 단순히 동음이의어라 생각했지만, 빚과 죄나 잘못이 관련이 있을 수 있다는 점에서 달리 생각하게 되었습니다. 흥미로운 연관성입니다. 우리말의 빌다도 빚과 용서의 의미를 함께 갖고 있을 거라는 생각이 듭니다.

우리는 무엇을 빚지고 있나요? 물질적으로 보면 빚은 착취의 좋은 구실이 됩니다. 빚은 구렁텅이라고 표현할 만큼 헤어나기가 쉽지 않습니다. 한번 빚을 지면 갚기가 힘든 구조이기 때문입니다. 빚을 지고 갚고 하는 것이 자유롭다면 사람들은 구렁텅이에 빠지지 않았을 것입니다.

사람들은 게을러서 빚을 지는 것처럼 이야기하지만 예전의 상황을 보면 빚의 시작이 게으름이 아닌 경우도 많습니다. 겨우겨우 살아가는 사람들이 천재지변을 당하게 되면 빚을 집니다. 가뭄이 들어 빚을 지게 되고, 홍수가 나서 빚을 지게 됩니다. 빚의 원인이 우리에게 있지 않다는 말입니다. 그런데 한번 빚을 지면 계속 빚더미 속에 있게 됩니다. 높은 이자를 갚다 보면 만회하기가 어렵습니다. 예전에는 홍수나 가뭄이 들어 배를 곯다 꾸어 온 곡식을 갚지 못해 노예가 되는 경우도 있었습니다. 빚의 어두운

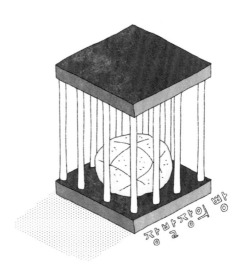

장반장의 밤

측면입니다.

요즘 우리 주변의 많은 사람들이 게을러서 빚을 졌나요? 열심히 살았지만 등록금 때문에 빚을 지고 집세 때문에 빚을 집니다. 장발장이 자신이 잘못해서 빵 한 조각을 훔친 게 아니듯, 우리가 빚을 지는 게 우리의 잘못이라고 보기에는 억울한 측면이 많습니다. 그러니 빚을 졌다고 해도 문제가 있는 사람 취급을 해서는 안 됩니다.

정신적인 빚도 마찬가지입니다. 모든 종교에서는 다 빚이 있다고 이야기합니다. 기독교에서는 우리 모두 원죄가 있다고 이야기합니다. 불교에서도 전생에 지은 죄가 있으니, 다른 사람들에게 많이 갚으라고 이야기합니다. 전생의 죄도 우리 책임이고 우리의 조상이 지었을지도 모르는 죄도 우리의 책임이라고 말합니다. 왠지 억울하다는 생각이 들지 않나요? 내가 지은 죄만으로도 속죄가 벅찬데, 내가 기억하지 못하는 은혜도 또 다른 빚으로 다가옵니다.

이런 은혜 혹은 죄를 갚기 위해서 우리가 하는 일은 비는 것입니다. 열심히 기도하고 빕니다. 은혜를 주어서 감사하다고 빌고, 죄를 용서해 달라고 빌고, 죄를 갚겠다고 빕니다. 빚을 탕감받고 싶다는 생각이 간절하게 듭니다. 특히 내가 지지 않은 빚은 좀 탕감해 주었으면 합니다. 빚이 범죄를 불러서는 안 됩니다. 빚을 돌려받으려고 하는 이가 오히려 큰 범죄자인 경우도 많다는 점은 새삼 많은 생각을 하게 합니다.

전래동화 〈흥부와 놀부〉에서도 빚을 진 흥부보다 놀부가 욕을 먹는 건 있으면서 형제를 도와주지 않았기 때문입니다. 누군가가 진 빚이 있다면 시간을 두고 천천히 갚을 수 있게 해 주면 좋겠습니다. 흥부도 나중에 잘되어서 형에게 다 갚았듯이 말입니다. 빚을 지지 않으면 좋겠지만 빚을 질 수밖에 없는 처지들도 둘러보게 됩니다.

해,
새로움의 상징

〈바람과 함께 사라지다〉의 마지막 장면에서 스칼렛 오하라가 하는 명대사가 있습니다. 바로 '내일은 내일의 해가 뜬다'라는 것이지요. 저도 이 대사를 참 좋아하는데요, 이 대사를 좀 더 정확하게 말하면 '내일은 새로운 해가 뜬다'일 것입니다.

'새'라는 말은 태양을 나타내는 경우도 있어 해와 통합니다. 해가 뜰 무렵을 '새벽'이라고 하고, 해가 뜨는 것을 날이 '새다'라고 합니다. '새롭다'라는 말도 생각해 보면 해와 관련이 있습니다. 해가 뜨는 것은 늘 새로운 세상이 되는 느낌이었을 것입니다. 새로운 곳은 동쪽을 의미하기도 합니다. 순우리말로 높새바람이 동풍인 것은 우연이 아닙니다. 새는 동쪽을 의미하기도 합니다. 그런데 '날로 새로워져 사방을 망라한다'는 뜻의 신라新羅가 동쪽에 자리 잡았던 것은 우연일까요?

우리말에서는 새롭다에 해당하는 표현에 해를 쓰기도 합니다. 햇것, 햇곡식, 햅쌀, 햇과일, 햇병아리 등은 모두 새롭다는 의미입니다. 해는 새로움의 상징이기 때문입니다.

그런데 이 새가 우리말에서 흰색을 의미하는 경우도 있습니다. 바로 '새치'입니다. 새치는 머리에 부분적으로 흰 머리카락이 있는 것을 의미합니다. 보통은 나이가 많지 않은데 흰머리가 있을 때 새치라는 말을 씁니다. 문득 걱정이 많으면 흰머리가 는다고 하는데 이 말이 사실일까 궁금해집니다.

우리말에서 색은 구체적입니다. 우리는 아예 밤색, 수박색, 살색, 쑥색과 같이 표현하기도 합니다. 내가 어떤 색을 말하면 공통적으로 떠올리는 색이 있어야 하기 때문일 것입니다. 그럼 흰색은 어떤 색일까요? 무엇과 연관이 될까요?

흰색이라고 하면 우리는 보통 '눈'을 떠올립니다. 눈을 흰색의 대표로 생각하는 거지요. 하지만 우리말 '희다'를 살펴보면 어원적으로는 희다와 눈의 관련성을 찾기가 어렵습니다. 지역에 따라서는 눈을 거의 보기 힘들기도 합니다. 또 눈이 사시사철 내리는 것도 아니니 색의 대표라고 하기는 어려운 점이 있습니다.

흰색은 무엇과 관계가 있을까요? 의외의 실마리는 중세국어에서 찾을 수 있습니다. 중세국어에서 희다의 어간은 모양이 해와 같았습니다. 보통 용언의 어간은 명사와 관련이 있습니다. 예를 들어 '붉다'는 '불'과 '푸르다'는 '풀'과 관련이 됩니다. 따라서 하늘의 해와 색깔 희다는 같은 어원일 가능성이 있습니다.

쉽게 납득이 가지 않을 수 있겠습니다. 오히려 태양은 노란색이나 붉은색과 관련이 있지 않을까 생각할 수도 있습니다. 황금빛 태양이라든가 붉은 태양이라는 말에서 근거를 찾을 수도 있겠네요. 그런데 우리말에도 해가 흰색을 나타내는 경우가 있어서 흥미롭습니다. 가장 대표적인 예는 '해오라기'입니다. 해오라기는 기본적으로 흰 새를 의미합니다. 여기에서 해가 바로 희다는 의미입니다. 갑자기 오라기의 의미는 무엇일지 궁금해지네요. '기'는 우리말에서 새의 이름에 많이 붙습니다. '갈매기'나 '비둘기' 등의 예에서 찾을 수 있겠지요. '기러기'는 '기럭'에 '-이'가 붙은 것으로 볼 수 있어서 다른 종류라 하겠습니다.

흥미로운 것은 과학적으로도 빛은 흰색과 관련된다는 점입니다. 색이 합성되면 검은색이 되지만, 빛이 합성되면 흰빛이 됩니다. 빛이 모이면 흰색이 되는 것이니 해에서 흰색을 발견했다는 것은 놀라운 일입니다. 옛사람은 현대인도 잘 알기 어려운 과학적 지식이 있었던 듯합니다. 해를 흰색과 연결한 경우는 다른 언어에도 나타납니다. 대표적으로 한자 백白은 날 일日과 관련이 있는 글자입니다. 해의 빛을 형상화한 글자라고 할 수 있습니다.

해나 새가 흰색과 관련이 된다는 것은 참 재미있습니다. 우리가 일 년의 시작을 새해라고 하는 것도 우연은 아닐 것입니다. 해는 날마다 뜨지만 해는 일 년 만에 돌아오기도 합니다. 날마다 새롭고, 해마다 새로 태어나길 바랍니다.

일상 속에서 사람 때문에 일 때문에 고민이 많습니다. 그런데 신기한 것은 전날 저녁 잠들기 전에 고민이 있으면 그 생각이 머릿속에서 계속 떠나질 않아 잠을 잘 못 이룹니다. 생각하지 말아야지 해도 어느새 그 고민으로 돌아가 있습니다. 겨우 잠이 들면 꿈에서도 그 고민에 시달리는 경우가 있습니다.

그러다 새벽에 문득 잠에서 깨어 창문을 열고 일출을 보게 된다면 어느새 고민은 싹 사라지고 새로운 희망이 마음속에 자리 잡습니다. 비록 집에서 맞이하는 해돋이일지라도 주변의 건물 풍경이나 동네 풍경이 새롭게 다가올 때가 있습니다. 내 방, 우리 집은 늘 익숙한 공간이지만 날마다 새로운 해를 맞이하며, 밝은 해를 기다리며, 하얀 그리움을 키우기 바랍니다.

하늘을 보면 반가운 이름이 많습니다. 별도 있고, 달도 있고, 해도 있지요. 멀리 은하수도 있네요. 순우리말로는 '미리내'라고 하지요. 별은 높고 아득해서 닿지 못할 느낌이고, 해는 눈이 부시고 너무 뜨거워서 가까이하기 어렵지요. 그런데 달은 느낌이 좀 다릅니다. 왠지 갈 수 있을 것 같습니다. 실제로 사람이 가기도 했고요.

우선 늘 같은 모양이 아니어서 궁금증을 줍니다. 옛사람들은 왜 달라지는지 알고 싶었을 것입니다. 달은 모습을 바꾸면서 우리에게 날짜를 알려 줍니다. 한 달은 초승과 보름, 그믐으로 나뉩니다. 모두 달의 모습이 날짜를 보여 준 예입니다. 좀 더 자세히 달과 관련짓고 싶을 때는 뒤에 달을 붙입니다. 초승달, 보름달, 그믐달. 모두 달의 모습입니다. 금방 눈치챘겠지만 한 달이라고 할 때도 달이 들어 있습니다. 달이 다시 원래의 모습을 찾는 시간이 한 달이지요.

우리나라 사람들은 달을 참 좋아합니다. 그래서 태양의 날인 설날보다 달의 날인 추석을 더욱 성대하게 치릅니다. 추석 한가위에 뜨는 보름달을 보면서 풍요로움을 느끼는 게 좋아서일 것입니다. 온 가족이 함께하는 따뜻함도 있으니. 지금도 길을 가다 보름달이 뜬 걸 본다면 반가움에 한마디를 건넵니다.

"야! 보름달이다."

"달이 참 밝네."

달마다 돌아오는 보름이지만 보름달은 우리에게 따뜻한 위로를 줍니다. 태양이 우리가 가는 길을 환하게 밝혀 준다면, 보름달은 우리가 가는 어두운 길을 알아볼 수 있을 정도로 은은하게 비춰 주는 느낌입니다.

그래서일까요? 달은 우리말 '땅'의 어원과 닮아 있습니다. 우리말에서는 땅을 달이라고 했습니다. 조선이라는 국호의 다른 이름은 '아사달'이었습니다. 아침 땅의 의미로 보입니다. 해가 뜨

는 땅이라는 의미겠지요. 동쪽에 있는 우리나라에 알맞은 이름으로 보입니다. 하늘에 있는 달도 우리말 땅과 같은 어원이 아닐까 하는 생각이 듭니다. 해나 별은 빛과 관련이 있습니다. 해는 '희다'와 별은 '볕'이나 '빛'과 관련이 있습니다.

우리 지명에는 '월'로 끝나는 곳이 꽤 있습니다. 한자로는 달 월月을 쓰지만 하늘의 달이 아니라 땅의 달을 한자로 표기한 것일 수 있습니다. 동음이의어를 한자로 잘못 표기한 예들이 많습니다. 우리 지명에서 한자 월이 들어간 곳을 찾아서 조사해 보면 무척 흥미로운 결과가 보일 것입니다. 애월이나 영월 등의 지명을 곰곰이 살펴보세요. 어떤 곳은 땅의 의미일 수도 있습니다.

달은 땅의 의미가 맞을까요? 음달, 양달, 비탈은 모두 달이 땅임을 보여 줍니다. '비탈'은 비스듬한 땅이지요. 한편 우리말 달은 '들' '돌'로 모음교체가 일어납니다. 모두 땅과 관련이 있는 어휘입니다. 들은 다시 된소리가 되어 '뜰'로 바뀌기도 합니다. 땅도 원래는 '따ㅎ'였습니다. '하늘 천 따 지'라고 할 때 나오는 말이지요. 된소리이기 전에는 달과 관련이 있었을 것으로 추론됩니다.

그러고 보면 '달동네'는 과연 하늘의 달과 관계있을까 하는 생각이 듭니다. 못사는 동네를 달동네라고 하는데 달과는 관련이 없어 보입니다. 달이 그 마을에서만 더 잘 보이는 것도 아닙니다. 달은 산이나 골짜기를 의미하기도 하는데 그렇다면 달동네는 '산동네'의 의미가 아닐까 합니다. 우리말에서 달동네는 산동네, 즉 못사는 동네를 의미합니다.

'달팽이'도 달에 '뱅이'가 붙은 말입니다. 팽이와는 관계가 없어 보입니다. 땅 위를 다니는 벌레를 달팽이라고 한 것입니다. 물에 있는 달팽이와 비슷한 벌레를 '골뱅이'라고 합니다. 달팽이와 골뱅이는 비슷한 모양을 지닌 형제라고 할 수 있습니다. 뱅이가 벌레의 의미인 경우는 더 있습니다. 굼벵이도 동작이 느린, 굼뜬 벌레를 의미합니다. 나비는 방언에서 '나뱅이'라고도 합니다.

달의 풍요로움처럼 달과 관련된 어휘도 풍요롭습니다. 그만큼이나 우리에게 친숙합니다. 달빛이 어스름 저녁을 비추고, 발길을 이끌고, 새벽의 어둠을 덜어 내기도 합니다. 때로는 낮에도 모습을 드러내어서, 때 아닌 기쁨을 줍니다. '낮달'이라고 하지요. 달이 밤에만 있는 게 아니라는 점은 왠지 위로가 됩니다. 늘 해가 뜨면 밀리는 존재로 생각했는데 보란 듯이 낮에 뜬 달은 묘한 설렘도 줍니다.

달은 우리가 가고픈 또 다른 이상향이기도 합니다. 토끼와 계수나무가 있는 곳, 서양의 여신이 산다는 그곳은 내가 결코 살

수 없는 뜨거운 태양과는 다릅니다. 너무 멀어 닿기 어려운 별과도 차원이 다릅니다. 우리에게 풍요로움을 가득 안겨 주는 달을 보며 현실의 풍요로움도 미래의 풍요로움도 채웠던 게 아닐까요?

노래,
듣는 사람이 있는 우리의 이야기

　사랑하는 사람과 이별했을 때 이별 노래가 내 마음에 더욱 와 닿는 것은 내 이야기 같은 노랫말이 있기 때문일 것입니다. '가사의 음악'이라고 할 수 있는 랩이 지금 인기를 얻고 있는 것도 가사의 공감대가 커서이지요. 노래는 우리의 기쁘고 슬픈 감정을 목소리에 담아내는 것이기도 하지만, 사회 비판이나 저항을 담고 있기도 합니다. 록이나 힙합이 대표적입니다.

　저는 개인적으로 저항은 좋은데 누구를 향한 저항인가가 중요하다고 생각합니다. 자칫 성, 인종, 학력 등을 비난하는 노랫말들을 보면 인상이 찌푸려집니다. 다른 사람을 무시하거나 피해를 주고 폭력을 부추기고, 차별을 옹호하는 것은 더욱 위험합니다. 마치 이것이 저항이라고 착각하고 있는데, 이것은 저항이 아니라 잘못된 방향으로 가고 있는 것일 뿐입니다.

우리는 노래와 음악을 구별해서 말합니다. 노래를 듣는 것과 음악을 듣는 것은 어떤 차이가 있을까요? 음악을 듣는다고 할 때는 반드시 가사를 필요로 하지는 않는 것 같습니다. 베토벤이나 모차르트 음악을 들으며 노래 가사를 떠올리진 않을 것입니다. 그런데 노래를 듣는다고 하면 가사가 있어야 할 것만 같습니다. 그만큼 우리는 노래에서는 가사를 핵심이라고 생각합니다.

노래 가사를 노랫말이라고도 합니다. '노래'라는 것은 근본적으로 간절함이 있습니다. 노래의 근원은 다양하게 살펴볼 수 있으나 보통은 하늘에 제사 지내면서 부르던 것을 노래의 기원으로 봅니다. 우리말의 노래는 어원이 '놀다'에 맞닿아 있습니다. 놀다를 단순히 일을 하지 않는 것처럼 보기도 하는데 놀다는 쉬다나 일하지 않는 것과는 전혀 다른 개념입니다. 놀다는 오히려 어떤 행위를 하는 것이고, 노는 것은 당연히 어떤 일을 하는 것입니다. 쉬는 것은 숨을 쉬고, 한숨을 돌리고, 명상을 하는 등의 행위를 의미합니다.

놀다와 어원이 같은 '노릇'이라는 단어에는 일이라는 의미가 담겨 있습니다. 엄마 노릇, 선생 노릇이라는 표현에서 일의 의미를 찾을 수 있습니다. 그런데 우리는 노릇이라는 말을 연기라는 뜻으로 사용하기도 합니다. 예를 들어 엄마 노릇이라는 말을 엄마가 사용하면 자신의 이야기가 되지만 딸이 엄마 노릇을 한다고 말하면 '역할, 연기'의 뜻으로 해석이 가능합니다.

우리말에서 광대를 '노릇바치'라고 합니다. 노릇은 연기를 의미하는 것입니다. 어떤 연기를 아주 잘하는 사람을 노릇바치라고 한 것입니다. 〈북청사자놀이〉 같은 경우는 분명히 연기지요. 한 판의 연극입니다. 흥미로운 것은 영어에서도 놀다에 해당하는 단어인 'play'가 연극의 의미로도 사용된다는 점입니다. 굳이 우리말 놀다를 영어로 번역한다면 play가 적당할 것 같습니다.

우리는 노랫말을 통해 위로하고 위안을 받습니다. 노래는 개인이 부르는 것이지만 듣는 사람이 있습니다. 듣는 사람의 지금 상황에 맞아야 노래가 더욱 의미를 가지는 것입니다. 저도 비슷한 경험을 한 적이 있습니다. 어떤 노래를 듣고 지나치게 감성적으로 가사를 썼다고 비판했는데, 정작 제가 그 노랫말과 비슷한 상황에 닥치고 보니 가사가 정말 와닿았습니다.

'어쩌면 이렇게 감정을 잘 표현했을까!'

노래는 노랫말이 있기 때문에 상황에 따라 처지에 따라 더욱 아름다운 빛을 발합니다. 시도 마찬가지입니다. 그래서 상투적인 표현보다는 같은 감정을 묘사하더라도 새로운 표현이면 더욱 인상적일 것입니다. 노랫말이나 시를 보고 어느 한 부분이 좋아서 계속 읊조린다면 분명 상투적이지 않은 표현일 것입니다.

그래서 어떨 때는 음률보다는 가사에 마음이 갑니다. 종종 노랫말의 직접적이고 강렬한 표현에 더 큰 위로를 느낍니다. 가락에 노랫말이 더해지면서 강렬한 공감을 일으키는 것입니다. 노래 가사가 지금 내 처지와 같으면 더 빠져들게 됩니다. 듣다 보면 내 이야기 같다는 생각이 듭니다. 노래 가사에 사랑 노래가 많고, 가족 이야기가 많은 것은 그런 이유 때문일 것입니다. 노랫말은 그대로 우리의 이야기입니다.

뒷모습,
쓸쓸함도 웃음도 있다

얼마 전에 가족과 저녁을 먹으러 나갔습니다. 아내와 아이들이 저보다 저만치 앞서 걸어갔습니다. 무슨 말을 하는지 모르지만 즐거움이 가득했습니다. 저는 그때 뒷모습도 웃는다는 사실을 처음 알았습니다. 뒷모습에도 미소가 있고 웃음소리가 있습니다. 웃는 뒷모습에 대한 이야기를 해 보고 싶었습니다.

우리말에서 방향을 나타내는 말의 어원은 참 재미있습니다. 보통 동서남북은 바람의 이름에서 실마리를 찾습니다. 방향에 따라 부는 바람의 이름이 다르기 때문이지요. 높새바람, 하늬바람, 마파람, 된바람이 각각 동풍, 서풍, 남풍, 북풍의 순우리말입

니다. 남쪽이라는 말은 우리말에서 보통 앞을 의미합니다. 그래서 남녘 남南의 옛 해석은 '앞 남'이었습니다. 북녘 북北은 '뒤 북'이라고 뜻풀이를 했습니다. 왜 앞쪽이 남쪽이고 뒤쪽이 북쪽이었을까요?

여러 가지 추론이 가능합니다만, 민족의 이동이 남쪽을 향해 왔기 때문에 앞쪽을 남쪽이라고 했다는 의견도 타당성이 있어 보입니다. 남쪽을 향해 집을 지었던 것도 이유일 수 있겠습니다. 우리 지명에 수없이 많이 등장하는 남산은 사실 '앞산'이라는 이름을 한자로 바꾼 것입니다. '뒤'라는 말은 어원적으로 '등'과 관련이 있습니다. 따라서 뒤쪽이라는 말을 단순하게 표현하면 등쪽이 됩니다. 우리말뿐만 아니라 한자에도 이런 관념이 오래전부터 있었습니다. 뒤 북北이라는 글자는 곧 등 배背를 의미하기도 했습니다.

등을 보이는 것이 싸움에 지는 것을 의미했기에 뒤 북은 질 배의 뜻으로도 쓰입니다. 패배敗北라는 한자에는 북이 쓰이지만 배라고 읽고 진다고 해석합니다. 북쪽으로 달아났다고 해석하는 경우도 있지만 아무래도 적에게 뒤를 보이는 것, 즉 등을 보이는 것이 곧 패배를 의미한 것이 아닌가 합니다. 동물도 등을 보이면 싸움은 진 것입니다. 스포츠 경기 중 격투기 종목에서는 뒤를 보이는 것이 항복을 의미합니다. 경기를 포기한다는 신호인 셈입니다. 도망을 가는 것이니 당연히 더 이상 싸울 마음이 없어졌다는 의미입니다. 보통 이럴 때 권투 경기에서는 수건을 던집니다.

이형기 선생의 유명한 시 〈낙화〉를 보면 "가야 할 때가 언제인가를 분명히 알고 가는 이의 뒷모습은 얼마나 아름다운가"라는 구절이 나옵니다. 우리는 이 시에 나오는 뒷모습에서 초탈도 느끼지만 동시에 쓸쓸함도 느끼는 것은 어쩔 수 없는 것 같습니다. 이처럼 뒷모습은 외롭고, 쓸쓸합니다. 패배의 느낌이 있어서 그런 것 같습니다.

우리는 수많은 뒷모습을 기억합니다. 보통은 헤어질 때의 뒷모습이지요. 다양한 상황이 떠오를 것입니다. 저는 오랜만에 뵌 부모님과 헤어질 때의 뒷모습을 기억합니다. 또 유학을 떠나던 아들의 뒷모습도 기억합니다. 이제는 아련하지만 애틋한 그리움이네요.

우리는 잘 모르지만 뒷모습에도 표정이 있습니다. 남에게 뒷모습을 보일 때도 조심해야 하는 이유이지요. 저는 의도적으로 돌아설 때 더 씩씩하게 걷곤 합니다. 힘없어 보이는 게 제 마음에 들지 않기 때문입니다. 어깨를 과도하게 펴고 있구나 하는 생각에 종종 웃기도 합니다. 슬플 때는 뒷모습도 다릅니다. 어깨가 말을 합니다. 어깨가 들썩이며 눈물을 흘리기도 합니다.

아이들의 뒷모습에서는 한숨 소리가 들리기도 합니다. 모든 것을 다 잃은 것처럼 고개를 숙이고 한숨을 쉽니다. 부모는 자식의 뒷모습을 보며 많은 생각을 합니다. 몇 해 전에 제가 좀 힘든 일이 있을 때였습니다. 마침 미국에 계시는 부모님을 찾아뵙게 되었습니다. 저를 반기는 부모님을 뵈니 제 마음도 한결 가벼워졌습니다.

그런데 저도 모르게 중간중간 한숨을 쉬었는지, 저를 바라보는 아버지의 눈빛에 안타까움이 가득했습니다. 그런 저를 보고 돌아서서 가시는 아버지의 뒷모습이 그렇게 쓸쓸해 보일 수가 없었습니다. 그때 생각했습니다.

'사람의 뒷모습은 참 쓸쓸한 것이구나!'

부모님의 뒷모습을 바라보는 것도 참 쓸쓸한데, 자식의 뒷모습을 바라보는 부모의 마음은 더할 것입니다. 어깨가 축 처져서 걷는 자식의 모습은 부모에게 아리고 아픈 순간입니다. 부모에게 뒷모습을 보일 때는 어깨를 펴고 걷기 바랍니다. 뒷모습에는 쓸쓸함만 있는 게 아니니까요. 웃음도 있고, 씩씩함도 있고, 당당함도 있습니다. 이왕이면 부모님께 자식에게 그런 뒷모습을 보여 주기 바랍니다.

우리는 독은 나쁜 것이고 약은 좋은 것으로 알고 있습니다. 독은 사람을 죽이고, 약은 사람을 살리기 때문이겠지요. 정말 그럴까요? 아이러니하게도 이 말은 정답이 아닙니다. 독이 사람을 살리기도 하고, 반대로 약이 사람을 죽이기도 합니다. 독毒이라는 한자를 사전에서 찾아보면 작은 양으로 병을 고친다는 뜻도 담겨있습니다. 약藥이라는 한자를 사전에서 찾아보면 놀랍게도 '독'이라는 뜻도 나타납니다. 그런 의미에서 보면 '독약毒藥'이라는 단어는 묘한 조합의 말이 됩니다. 독이 곧 약이라는 의미이기 때문입니다. 독도 약입니다. 그게 우리에게 깨달음을 줍니다.

약은 사람을 살리는 게 주목적이지요. 당연히 약은 고마운 것입니다. 그런데 약은 지나치면 문제가 됩니다. 독이 되어 버리는 거지요. 약의 남용을 주의해야 한다는 말이 괜히 나온 게 아닙니다. 그래서 무시무시한 말이기는 하지만 '약 먹고 죽었다'는 표현을 사용하기도 합니다. '약 먹었니?'라는 힐난도 결과적으로는 약의 부정적인 측면을 강조한 거라고 할 수 있습니다.

어찌 보면 약이라는 어휘는 좋지도 나쁘지도 않은 가치중립적인 어휘라고 할 수 있습니다. 그래서일까요? 약에는 명약名藥도 있지만, 독약이나 사약賜藥도 존재합니다. 왕이 약을 내리는 것을 사약이라고 하지만 그 약을 먹으면 죽게 됩니다. 왕이 독약을 준 것이니 고마워할 수는 없겠지요.

어릴 때 '쥐가 아프면 무슨 약을 주어야 하나?' 하는 수수께끼가 있었습니다. 난센스 퀴즈였습니다. 쥐약을 답으로 말하면 안 되니까요. 쥐약은 쥐를 살리는 게 아니라 죽이는 약이기 때문입니다. 그런데 더 끔찍한 것은 그 쥐를 먹은 고양이도 죽는다는 것입니다. 약이 죽음을 부르는 거지요. 인간에게 가장 무서운 적 중 하나인 마약麻藥도 약입니다. 실제로 마약은 약에 중요하게 쓰이기도 합니다. 종종 뉴스에 보면 약 속의 마약 성분만을 추출해 환각제를 만들기도 합니다. 마약이 무조건 나쁜 것처럼 이야기하지만 우리는 많든 적든 마약 속에서 살아가고 있습니다.

좀 다른 이야기지만 어떤 사람이 외국에서 '드러그 스토어Drug store'를 보고 마약을 파는 가게인 줄 오해했다는 말도 있습니다. 실제로 어떤 나라에서는 일부 마약을 합법적으로 허용하기도 하니 이런 오해도 완전히 허황된 것은 아니겠네요. 우리나라에 와서 가장 놀라운 음식이 '마약 김밥'이라는 말은 우스우면서도 이해가 됩니다. 마약으로 김밥을 만든다니 얼마나 황당했을까요?

'곰팡이'도 사람들은 독이라고 생각했습니다. 곰팡이가 슨 음식은 당연히 버려야 했지요. 탈이 나기 때문이고, 잘못하면 죽을 수도 있습니다. 그러나 우리가 잘 알고 있듯이 곰팡이는 페니실린으로 훌륭하게 재탄생하게 됩니다. 독이 약이 되는 순간이지요. 벌의 독도 한의학에서는 봉독蜂毒이라고 하여 침으로 사용되기도 합니다. 독이 곧 약이 되고, 약이 곧 독이 되는 모순적 사실은 우리의 삶에도 많은 교훈을 줍니다.

나쁘다고 생각하고, 싫다고 생각하고, 없어졌으면 좋겠다고 생각하는 모든 것이 실제로는 모두 우리에게 약이 될 수 있습니다. 없어져야 하는 악惡이라고 생각되는 것조차 제 역할이 있으며 우리와 함께 살아가야 하는 귀한 존재일 수 있습니다. 무조건 독이라고 하여 내치려 하지 말고 내게 보여 주는 교훈을 들어야 합니다.

한편 내게 도움이 되는 약인 줄 알았던 일도 독이 되는 경우가 많습니다. 특히 지나침은 언제나 경계해야 합니다. 알맞음의 미학은 늘 어렵지만 그래서 더 아름답기도 합니다. 독을 약으로 바꾸는 삶을 살아야 합니다. 약을 약으로 남게 하는 삶을 살아야 합니다. 그리고 다른 사람에게도 약이 되는 인생이어야 합니다. 이게 바로 독과 약이 보여 주는 세상이 아닐까요? 세상에 나쁜 것은 없습니다.

장난,
어지럽게 만들다

　요즘은 너무 진지한 사람보다 장난기 많은 사람을 좋아하는
것 같습니다. 옆에 있으면 재미있기 때문일 것입니다. 안 그래도
복잡한 세상, 이왕이면 재미있는 사람이 옆에 있어 웃을 수 있는
것도 좋은 일입니다. 그런데 재미있는 장난만 있는 게 아니어서
문제입니다. 장난에는 불장난처럼 위험한 장난도 있습니다. 장
난으로 불을 질렀는데 온 집이 다 타고, 그 불에 사람이 타 죽는
다면 이건 장난이 아니지요. 장난으로 던진 돌에 개구리가 맞아
죽기도 합니다.

　어른들도 말을 툭 뱉어 놓고 '장난이었다'라고 너무 쉽게 말합

니다. 그 장난 같은 말이 어떤 결과를 불러올지는 모릅니다. 사실 이 글은 미국의 트럼프 대통령 때문에 쓰기 시작했습니다. 트럼프 대통령은 전쟁을 마치 장난처럼 이야기합니다. 툭하면 '치면 되지' '없애 버릴 수도 있다'라고 하는데, 전쟁은 장난이 아닙니다. 그곳에 살고 있는 사람들이 모두 죽는 일입니다.

'장난'이라는 말 속에서도 그 위험성을 충분히 경고하고 있습니다. 장난이라는 말을 순우리말처럼 생각하지만 한자어 '작난作亂'에서 온 말로 알려지고 있습니다. 즉, 말 그대로 어지럽게 만드는 것을 장난이라고 하는 것입니다. 그러고 보면 장난이 끝난 후의 모습은 무척 복잡하지요. 흙장난을 하고 들어온 아이의 옷을 생각해 보세요. 엄마는 옷을 털고 집안으로 들어오라고 하지만 신발이며 양말이며 옷가지에서 흙이 한 움큼입니다. 그야말로 장난이 아닙니다. 난장판이지요.

장난의 필수품은 장난감입니다. 아이들을 다루기 가장 힘들 때가 장난감 사 달라고 할 때가 아닌가 합니다. 아이들은 장난감에 극도로 집착합니다. 그런데 그건 놀 때뿐입니다. 놀고 나면 집착은 싹 사라집니다. 놀고 나서 장난감을 잘 정리하라고 수없이 말하지만 아이들에게는 쉬운 일이 아닙니다. 아마 장난감을 잘 정리할 정도가 되면 더 이상 장난감을 갖고 놀지 않을 것입니다.

장난이라는 게 그렇습니다. 장난은 어지럽기는 하지만 근본적으로 즐거운 것입니다. 장난을 치고 나면 재미있지요. 그런 점에서 장난은 놀이와 통합니다.

놀이는 노는 것이면서 동시에 연습이기도 합니다. 단순히 놀기만 하는 게 아니라 앞으로 살아갈 일을 미리 해 보는 교육인 셈이지요. 아이들의 소꿉놀이가 대표적입니다. 소꿉놀이를 통해 심각한 부부 관계나 살림살이를 배우기도 합니다. 육아도 소꿉놀이에 들어가 있습니다. 노는 모습을 보면 아이들은 보통 부모를 모방합니다. 그래서 부모들은 아이의 소꿉놀이를 보며 깜짝 놀라기도 합니다. 그동안 자신이 보여 준 모습이 담겨 있기 때문이지요. 아이들이 소꿉놀이를 하면서 화내고, 짜증 내고, 소리 지르는 것을 보면 섬뜩하기까지 합니다. 부모를 닮은 행위이기 때문입니다.

아이들의 놀이를 보면 저런 것까지 하나 하는 생각이 들 때가 있습니다. 대표적인 것이 전쟁놀이입니다. 아이들의 손에 칼, 활, 총이 들려 있습니다. 서로 죽이고 노는 것입니다. 물론 진짜가 아니기에 깔깔거리기는 하지만 놀이가 연습이라는 것을 생각해 보면 끔찍합니다. 이제 점점 전쟁놀이도 없어지고 있다는 생각이 듭니다. 제가 어렸을 때만 해도 전쟁놀이가 가장 신나는 놀이였

습니다. 집집마다 장난감 총과 칼이 있었습니다. 탱크와 폭격기도 중요한 장난감이었습니다.

놀이는 단순히 유희이거나 체력 단련인 경우도 있습니다. 협동심이나 자립심을 기르는 경우도 있지요. 물론 넓게 보면 다 교육입니다. 고무줄놀이나 공기놀이, 윷놀이 등도 모두 그렇습니다. 예전에는 전쟁을 위한 폭력적이고 잔인한 놀이가 더 필요했을 것입니다. 살아가는 현실이 그랬으니 말입니다. 하지만 이제 그런 놀이는 대부분 스포츠로 바뀌어 있습니다. 펜싱, 검도, 양궁, 사격, 레슬링, 유도, 태권도 등 많은 스포츠는 자기 단련을 주 목적으로 하고 있습니다.

놀이는 즐거운 유희입니다. 하지만 장난은 종종 상대에게 피해를 주기도 합니다. 아무래도 어지럽게 만들기 때문이지요. 그래서 심한 장난은 위험합니다. '장난치지 마!' '그걸 장난이라고 해?'와 같은 표현에서 장난의 심각성을 알 수 있습니다. 그야말로 장난도 정도껏 해야 합니다. 그래서 '장난이 아니다'라는 유행어도 생겨났습니다. 장난으로 보기에는 너무 심각한 것이기 때문입니다.

장난 중에는 행동이 아니라 말로 하는 것도 있습니다. 언어유희라고도 하는데 요즘엔 '아재 개그'의 주 소재이기도 합니다.

한편 말장난이 깊은 상처가 되는 경우가 있습니다. 서로를 자극해 끝내 장난이 폭력으로 이어지기도 합니다. 그런 장난은 하면 안 되겠지요. 장난이 폭력이 되고 장난이 전쟁이 되어서는 안 됩니다. 전쟁은 장난이 아니기 때문입니다. 정치인이라는 사람이 전쟁을 장난처럼 말하는 것을 볼 때마다 가벼움과 답답함을 느낍니다.

정,
미운 사람과도 함께하다

　외국 사람들이 우리나라 사람들을 이야기할 때 꼭 '정이 많다'라는 말이 들어갑니다. 한국인의 주요 특징을 이야기할 때 빠지지 않는 게 정情입니다. 하지만 곰곰이 생각해 보면 우리만 정이 많은 것은 아닌 것 같습니다. 대학원 박사과정 제자 중에 미얀마나 베트남, 태국 등지에서 온 학생들이 있는데, 그 나라들도 정이 대단하다고 하네요. 하긴 사람을 귀하게 여기는 나라일수록 정이 깊을 수 있겠지요. 아직 농사가 중요하고, 사람이 중요한 나라라면 우리보다 정이 더 깊을 수도 있습니다.

　요즘의 우리 모습을 돌아보면 정과는 거리가 멀어 보입니다.

멀어도 한참 멀어 보입니다. 이웃 간의 정? 이런 말은 도시에서 찾아보기 어렵습니다. 옆집에 누가 사는지도 모르는데 어떻게 정이 생길까요? 그렇게 보면 정은 경제 발전, 산업화, 도시화 등과 연관성이 깊다고도 할 수 있겠습니다. 경제 발전은 정을 엷게 만듭니다. 그런데도 우리에게 여전히 정이 많다고 하는 건 왜일까요? 그건 우리의 정이 좀 특별하기 때문입니다.

어떻게 특별한지, 그 실마리를 우리말 표현에서 찾아볼 수 있습니다. 우리말 중에서 재미있는 표현이 '미운 정 고운 정'입니다. 생각해 보면 우선 순서가 특이합니다. 왜 미운 정이 앞에 있을까요? 이 말은 밉더라도 정을 주어야 한다는 생각을 보여 줍니다. 그래서 미운 정이 앞에 있는 것입니다. 앞에 있다는 건 그게 더 중요하다는 의미이기도 합니다.

사실 고운 정은 누구에게나 있겠지요. 하지만 미운 정은 만들기가 쉽지가 않습니다. 어찌 보면 고운 정보다는 미운 정을 갖는 것이 삶의 지혜입니다. 밉다고 버리면 안 됩니다. 미울수록 더 잘해 주어야 합니다. 미운 놈 떡 하나 더 주는 게 미운 정의 핵심입니다.

그래서인지 우리말에는 '정'과 관련된 표현이 참 많습니다. '정을 통하다, 정을 쏟다, 정을 나누다, 정을 주다, 정을 붙이다,

정을 떼다, 정이 들다' 등에서 정은 다양한 표현으로 쓰입니다. '정분情分'이라는 말도 있는데 정분은 정을 나누는分 것이라는 의미이기도 합니다. 정과 관련된 속담도 많습니다. '정들자 이별'이라든지 '싸움 끝에 정 붙는다'와 같은 표현은 한국인의 정서를 잘 보여 줍니다.

옛 어르신들은 정을 붙이라는 말을 했습니다. '정을 붙이고 살다 보면 어디나 고향이 된다'는 말도 있습니다. 이 말을 잘 생각해 보면 어떻게 살아야 하는지가 보입니다. 당장은 마음에 들지 않더라도 어차피 그곳에 살아야 한다면 정을 붙여야 하는 것입니다. 그래야 정이 생깁니다. 정에는 좋은 것만 있는 게 아닙니다. 나쁜 것도 포함됩니다. 같이 지낸 삶 속에는 기쁨만 있는 게 아닙니다. 슬픔도 억울함도 분노도 있을 수 있습니다. 물론 행복하고 아름다운 추억도 있겠지요.

어떤 경우에는 이렇듯 귀한 정을 떼려고도 합니다. 참 아픈 장면이고, 오히려 정이 깊게 느껴지기도 합니다. 주로 멀리 떠나가거나 영원히 헤어질 때 정을 떼려고 말을 차갑게 하고, 웃음을 보이지 않기도 합니다. 하지만 저는 굳이 그럴 필요가 있을까 하는 생각이 듭니다. 일부러 정을 떼려고 해도 정은 남아 있고, 깊어집니다. 정은 어찌 보면 떼어 버릴 수 없는 것입니다. 점점 깊어지는 것이기 때문입니다.

이 미운 정이야말로 우리 정의 핵심이지요. 우리가 정이 많다면 그건 아마도 미운 정 때문일 것입니다. 사람들은 미우면 정이 안 생길 것처럼 말하지만 미워도 정이 생깁니다. 아니 어쩌면 같이 살아가야 할 사람이라면 반드시 미운 정이 있어야 합니다. 밉다고 헤어질 수는 없는 노릇이지요. 요즘에는 툭하면 '안 보면되지. 인연 끊고 살면 되지'라는 말을 하는데, 밉다고 안 만나면같이 살 사람이 어디 있겠습니까?

그래서 우리는 '미우나 고우나'라는 말도 합니다. 미우나 고우나 남편이고, 미우나 고우나 아내이고, 미우나 고우나 가족이고, 이웃입니다. 여기에도 밉다가 앞에 있습니다. 우리말에서는 '울고 웃고' '진자리 마른자리'처럼 부정적인 것이 앞에 나오는 경향이 있습니다. 어려움을 이겨 내면 그 다음부터는 편안함만 남습니다. 아니 어려움도 편안하게 여기게 되는 것 같습니다.

우리의 정은 미워도 고와도 같이 사는 정입니다. 그래서 우리는 미운 놈에게도 떡 하나를 더 준다는 표현을 한 것입니다. 미운 자식에게만 떡 하나를 더 주어서는 안 됩니다. 자식을 용서하듯이 이웃을 용서해야 합니다. 정을 가져야 합니다. 정은 같이 살아가기 위한 지혜로운 감정입니다. 이 정을 기억한다면 층간 소음 때문에 살인이 나는 것도, 같이 사는 부부가 이혼을 하는 일도, 형제자매가 사소한 일로 다투어서 인연을 끊고 사는 일도 없을 것입니다. 미울수록 더 잘해 주세요. 어렵지만 그래야 해결할 수 있습니다. 그게 우리의 정입니다.

차라리,
나를 편하게 남을 좋게

여러분은 '차라리'라는 말을 자주 쓰나요? 자주 쓴다면 주로 어떨 때 쓰나요? 아마도 아쉬움을 표현할 때 주로 쓸 것입니다. 차라리는 보통 뒤에 '~했으면 좋았을 텐데'라는 식의 아쉬움이 함께 나옵니다. 《표준국어대사전》에서는 '여러 가지 사실을 말할 때에, 저리하는 것보다 이리하는 것이 나음을 이르는 말. 대비되는 두 가지 사실이 모두 마땅치 않을 때 상대적으로 나음을 나타낸다'라고 정의를 내리고 있습니다. '차라리 ~해라'라는 표현을 보면 이런 정의가 잘 다가오지요. 차라리의 의미는 보통 둘 다 마음에 들지 않지만 그중에 하나를 고른다면의 느낌입니다.

차선이나 차악의 느낌인 셈입니다.

차라리는 중세국어에서 해석이 '영寧'으로 나옵니다. 며칠 전 어휘사語彙史를 공부하다가 차라리의 원 의미가 '편안하다'라는 뜻이었음을 보고, 차라리라는 말 역시 세상을 살아가는 지혜라는 점을 다시금 깨달았습니다. 그렇게 생각하면 마음이 평안해진다는 의미로 받아들일 수 있게 된 겁이다. 세상을 살면서 모든 일이 뜻대로 될 수는 없겠지요. 그때 내 마음이 평안해지고 상대의 마음이 평안해질 수 있는 해결책을 찾아야 합니다. 차선이나 차악을 선택하는 장면에서 차라리가 쓰이는 것은 그러한 이유 때문입니다.

그런데 차라리가 쓰이는 장면에서 유의할 점이 있습니다. 차선이든 차악이든 간에 억지로 마지못해 찾아서는 안 된다는 점입니다. 하기 싫은 것을 떠밀려서 하게 된다면 행복할 수 없겠지요. 아니 오히려 반항 심리가 생길 것입니다. 원망과 분노가 가득해질 수도 있습니다. 차라리를 통해서 마음이 편안해져야 하는데 오히려 불편하면 안 되는 것입니다.

차라리의 원 의미가 편안하다는 것에서 여러 가지 생각을 해볼 수 있습니다. '차라리 하지 않았으면 좋았을 텐데'라는 말에는 아쉬움이 담겨 있고, 걱정이 담겨 있습니다. 마음이 편하지 않은 현 상황이 안타까운 것입니다. 이런 마음은 원망보다는 아쉬움이고 걱정이겠지요.

'차라리 내가 아팠으면 좋겠다'는 표현은 차라리의 정수精髓를 보여 줍니다. 이 표현은 주로 부모가 쓰는데 자식의 아픔을 바라보면서 아무것도 하지 못하는 자신이 너무나 답답해서 하는 말입니다. 내가 아픈 것이 자식이 아픈 것보다 마음이 편하겠다는 표현이지요. 이 말은 과장이 아니라 사실입니다. 자식의 아픔을 보는 것이 부모에게는 가장 큰 고통입니다. 편안할 수가 없습니다.

차라리라는 표현이 다른 사람을 향할 때도 유의해야 합니다. 보통은 차선이나 차악을 권유할 때 쓰입니다. 이것을 하지 말고 차라리 다른 것을 하라는 명령이나 권유에 쓰입니다. 이때도 화를 내며 상대에게 이야기한다면 내 마음이 편안할 수 없겠지요. 말하는 사람도 듣는 사람도 마찬가지입니다.

따라서 정말로 듣는 이에게 맞는 일을, 상황을 알려 주려는 마음이 필요합니다. 너에게 어려운 이 일보다는 너에게 맞는 일을 찾는 게 좋겠다는 진심이 필요한 것입니다. 차라리는 억지로 떠맡기고 마는 것이 아니라 오히려 조화를 위해서, 배려를 위해서 찾아야 하는 것입니다. 그게 차라리의 미학입니다.

차라리를 후회나 실망의 장면에서 사용하는 경우도 있습니다. 이것도 단순히 후회에 그쳐서는 안 됩니다. 차라리를 통해서 용서하고, 차라리를 통해서 새 힘을 얻어야 합니다. 이미 다 지나간 일입니다. 그러지 않았으면 좋았겠지만 이미 이루어진 일이니 새 힘을 얻고 살아야 합니다. 차라리는 우리 모두 편안하고자 하는 말입니다. 남을 비꼬기 위해서 사용하거나 그저 신세를 한탄하기 위해서 사용하는 말이 아닙니다.

차라리는 이 시대의 공감 문화를 이끄는 좋은 본보기가 될 것입니다. 내가 좋으려고 하는 차라리가 아니라 상대의 고통을 더욱 많이 이해하는 시작점입니다. 나를 나쁘게 하는 차라리가 아니라 나를 좋게 하는 차라리입니다. 후회를 할 때도 자신을 자책하는 차라리가 아니라 내 마음을 편하게 하는 차라리가 되어야 할 것입니다. 남을 안 좋게 하는 차라리가 아니라 남을 좋게 만드는 차라리가 되어야 할 것입니다. 남을 나무라고 탓하는 차라리가 아니라 그 사람을, 그 사람의 고통을, 그 사람의 입장을 이해하는 차라리가 되어야 할 것입니다.

오늘 하루, 나는 어떨 때 이 차라리라는 말을 썼는지 떠올려 보세요. 그 차라리 속에 다른 사람과의 공감, 조화, 배려가 있었는지 생각해 보기 바랍니다. 차라리를 사용하면서 마음이 편안해졌다면 원래의 어원을 잘 찾아서 사용한 것입니다.

출가,
혼자 하는 여행

예전에 태국 미얀마에 강연을 갔다가 이른 새벽에 탁발승의 행렬을 본 적이 있습니다. 매일 아침 미얀마 사원에서는 부처님을 세수시키는 의식이 펼쳐집니다. 그 의식을 위해 탁발승들은 맨발로 줄을 서서 사원으로 향합니다. 새벽 이른 시간이었는데도 간절함이 느껴지는 경건한 장면이었습니다.

그런데 더 감동적인 장면이 있었습니다. 탁발승의 행렬을 지켜보려고 그 시간에 나와서 기다리는 사람들의 모습이었습니다. 제 눈에는 탁발승들이 걸어가는 모습보다 그 행렬을 지켜보는 사람들의 모습이 더 경건하고 간절해 보였습니다. 그때 같이 있었던 미얀마 사람들의 이야기를 들으니, 탁발승들은 매일 같은 길로 걸어가지 않는다고 합니다. 매일 같은 길로 가다가 사람들과 가까워지는 것을 두려워하고 경계해서입니다. 그래야 세상의 어떤 집착도 벗어던질 수 있기 때문입니다.

어둠 속에서 발자국 소리 하나 들리지 않게 조용조용 걸음걸이를 옮기는 스님들의 모습도 감동적이었고, 그들을 기다리며 조용히 지켜보는 사람들의 모습도 감동적이었습니다. 탁발승의 행렬이 지나고 조금 있으면 해가 뜹니다. 미얀마 사람들은 뜨는 해를 보며 아침 준비를 하러 갑니다.

탁발승들은 탁발할 때 주는 음식을 먹습니다. 스님들은 보통 12시, 정오 이전까지만 식사를 한다고 합니다. 음식에 대한 집착을 없애기 위해서입니다. 인간에게 가장 견디기 힘든 고통 중 하나가 배고픈 것입니다. 배고픔을 느끼지 않는 것도 중요하지만, 더 먹으려고 하는 음식에 대한 집착이 가장 근원적인 집착입니다. 자기를 다스리는 시작은 음식이기 때문에 배고픔을 인내하는 것입니다.

'출가出家'는 두 가지 경우에 이루어집니다. 하나는 불교에서 속세의 인연을 끊고 승려가 되는 경우이고, 다른 하나는 딸이 시집을 가는 경우입니다. 시집을 가는 '출가出嫁'의 경우에는 다른

한자를 씁니다만 사실은 같은 것이라는 생각도 듭니다. 그리고 출가는 둘 다 쉽지 않은 행위임은 맞는 것 같습니다. 완전히 새로운 세상을 만나는 일이니까요.

그런데 출가出家라는 단어의 순서를 바꾸면 '가출家出'이 됩니다. 가출도 집을 떠나는 것은 마찬가지지요. 보통은 떠난다는 표현보다는 나간다는 표현을 주로 씁니다. 하지만 출가와의 근본적인 차이는 어디로 간다고, 언제 간다고 이야기하지 않는다는 점에 있는 것 같습니다. 또한 당일에 돌아오기도 한다는 점에서 가출은 즉흥적인 측면이 있습니다. 물론 출가나 가출이나 둘 다 큰 용기가 필요한 행위로 보입니다. 현실이 마땅치 않아서 생기는 일이라는 공통점도 있습니다.

태국이나 미얀마, 라오스 등지에는 거의 모든 남자아이들이 단기 출가를 합니다. 어린아이일 때 머리를 깎고 절에 갑니다. 나이가 들어서도 단기 출가를 하는 경우가 있습니다. 왕자의 경우도 예외가 아니어서 출가는 생활이고, 삶의 통과제의通過祭儀입니다. 어린 시절 출가의 기억과 나이를 먹은 후의 출가는 나중에 각각 추억으로 살아 있을 것입니다. 여자아이도 단기 출가를 하는 경우가 있습니다. 여자아이가 머리를 깎고 출가를 하는 것은 쉬운 결심이 아닐 것입니다. 출가하고 귀가한 후가 더 힘들었다는 후일담도 들었습니다. 머리가 금방 자라는 게 아니니까요.

단기 출가는 아메리카 인디언에서 유래했다는 스카우트의 야영과 닮았다는 생각이 듭니다. 인디언은 일정한 나이가 되면 혼자 숲에 들어가서 숙식을 해결하는 시간을 가졌다고 합니다. 소년이 성인이 되기 전에 하는 의식 같은 것인데, 일종의 출가라는 생각이 듭니다. 어둡고 무서운 숲에서 혼자 맞는 새벽은 소년을 한 뼘 더 자라게 만들었을 것입니다. 그때는 너무 두려웠겠지만 두고두고 힘이 될 것입니다.

단기 출가에도 지켜야 되는 규칙은 매우 엄격합니다. 물론 어린아이의 경우에는 많이 눈감아 준다고 합니다. 아이니까요. 나이가 들어 단기 출가를 하면 시키지 않아도 규칙을 잘 지키려고 하겠지요. 누가 시킨 일이 아니니까요. 단기 출가는 어떤 면에서는 여행과 닮았습니다. 여행은 이왕이면 혼자 떠나는 게 좋겠습니다. 예전에는 무전여행無錢旅行이라는 게 있었습니다. 돈 없이 떠나는 여행은 두렵지만 깨달음도 많았을 것입니다. 요즘은 모든 게 지나치게 넉넉한 시대라는 생각도 듭니다. 적게 가져도 마음에 풍요가 있기를 바랍니다.

출가든 가출이든 홀로 하는 여행이든 꼭 한번 해 보기 바랍니다. 좀 두렵겠지만 설렘이 될 수도 있습니다. 저는 고3 때와 대학교 1학년, 2학년 때 혼자 여행을 떠난 적이 있습니다. 가출은 아니었는데 집에 이야기를 안 해서 가출로 오해받은 적도 있습니다. 며칠 동안 거의 아무 말도 하지 않고 걷던 기억이 여전히 좋습니다. 밝은 여행이 아니라 맑은 여행이었다는 생각입니다. 집을 떠나는 순간 우리의 순례는 시작됩니다. 우리네 인생은 순례가 아닙니까?

둘째 마당

내가 좋아하는 것은
좋은 것

기쁘다,
기꺼이 받아들이다

성경을 보면 '범사凡事에 기뻐하라'는 말이 나옵니다. '모든 일
에 기뻐하라', 참 어려운 말입니다. 교회를 아무리 열심히 다니
는 분들도 이 대목에서는 수긍을 하기가 쉽지 않습니다. 왜냐하
면 범사에는 슬픔도 아픔도 서러움도 포함되어 있기 때문입니
다. 기쁜 일에 기뻐하는 건 쉬운데 슬픈 일을 기뻐하기는 어렵습
니다. 그런데도 범사에 기뻐할 줄 안다면 그 사람은 분명 행복한
사람일 것입니다.

세상을 살면서 우리는 늘 기쁜 일만 있기 바랍니다. 즐거운 일
만 가득하기 바라고, 다른 이들도 늘 기쁘고, 즐겁고 행복하기를

기원합니다. 하지만 우리는 잘 알고 있습니다. 이런 일은 일어나지 않습니다. 우리의 바람대로 늘 기쁘고 행복하고 즐겁게 살기는 어렵습니다. 여기에 바로 '기쁘다'의 비밀이 숨겨져 있습니다.

기쁜 것은 좋은 일만 뜻하는 게 아니지요. 세상 모든 일은 잘 생각해 보면 다 그만한 가치를 지니고 있습니다. 우리말에서는 '내가 기꺼이 생각하는 일'을 기쁘다라고 표현했습니다. 기쁨도 슬픔도 기꺼이 맞이해야 그 일을 통해서 무엇이든 배울 수가 있습니다. 힘든 일도 나쁜 건 아닙니다. 기꺼이 맞이한다면 힘든 일도 기쁜 일로 바뀔 수가 있습니다. 기쁨이든 슬픔이든 힘든 일이든 고통이든 우리가 기꺼이 받아들이고 이겨 낸다면 더 큰 기쁨이 될 수 있습니다. 범사에 기뻐하라는 말은 이런 말입니다.

어원적으로도 기쁘다는 말은 '깃다'에 '브'가 붙어서 된 말로 볼 수 있습니다. 깃다는 현재 '기꺼이'라는 말에 흔적을 남기고 있습니다. 기꺼이라는 말은 '기쁘게'라는 뜻입니다. 달리 말해서 하고 싶어 한다는 말입니다. 기꺼이 가겠다는 말은 가고 싶다는 의미가 됩니다. 만남이 기쁘다는 말은 만나고 싶어서 설렌다는 의미입니다.

그래서 저는 기쁘다는 말은 하고 싶다는 말로 해석합니다. 따라서 굳이 기쁘다의 반대를 말한다면 '억지로 하다'를 들어야 하지 않을까 싶습니다. 억지로 사람을 만나고, 억지로 공부를 하고, 억지로 음식을 먹고, 억지로 하고 싶지 않은 일을 하는 것이 즐거울 리 없습니다. 슬픈 이를 만나면 슬픕니다. 하지만 슬픔을 나누고 덜기 위해서 노력한다면 그 만남도 기쁠 것입니다. 아픈 이를 만나는 것도 마찬가지입니다. 아픈 이에게 필요한 것은 같이 아파하는 것입니다. 그러다 보면 자연스럽게 아픔도 기쁨이 됩니다.

하고 싶지 않은데 억지로 한다면 그것은 기쁨이 아니라 괴로움이 될 것입니다. 슬픔이 나쁜 것이 아닌데, 슬픔을 나쁜 것이라 생각하면 그 속에서 헤어날 수 없습니다. 아픔도 나쁜 것이 아닙니다. 세상 모든 일, 범사는 힘들고 고통스러울 수 있습니다. 그러나 기꺼이 맞이하면 삶은 기쁨으로 바뀌게 됩니다. 그게 진리입니다. 어렵지만 그게 변하지 않는 진리입니다.

힘든 일이 안 생기면 좋겠지만, 이미 벌어진 일이라면 이왕이면 기꺼이 받아들이고 의연하게 대처해서 잘 이겨 내야지요. 힘들 때 '왜 나한테만 이런 일이 일어나지?' '앞으로도 별로 희망이 안 보이네!'라고 생각하는 게 가장 위험합니다. 이런 생각들 때문에 극단적인 선택을 하는 경우도 있습니다. 너무 힘이 들 때는 '태어나서 다행이다' '살아 있어서 좋다'라는 생각만 해도 힘이 될 것입니다. 기쁘다는 꼭 좋은 상황만을 뜻하는 게 아니라는 걸 기억하세요.

그렇다면 기쁨의 반대는 무엇일까요? 이 반대라는 말에서 오해가 발생합니다. 반대는 완전히 상반된다는 의미는 아닐 수 있습니다. 예를 들어 기쁨의 반대가 슬픔이라고 하면 기쁨과 슬픔은 전혀 관계없는 것으로 생각하는데 사실 기쁨과 슬픔은 완전히 다른 게 아닙니다. 기쁨과 슬픔은 서로 왔다 갔다 하는 것이기도 합니다. 기쁨에는 슬픔이 포함되어 있기도 하고, 슬픔에는 기쁨이 포함되어 있기도 합니다. 우리의 감정은 이런 복잡해 보이는 상황에 들어가는 경우가 많습니다.

눈물이라고 하면 슬픔이 떠오를지 모르나 눈물은 슬픔의 전유물이 아닙니다. 눈물은 기쁨과 슬픔을 공유합니다. 눈물에는 온도가 있고, 눈물에는 감정이 있습니다. 기쁘지만 슬픈 경우도 있고, 슬프지만 기쁜 경우도 있습니다. 스포츠 선수들이 올림픽에서 금메달을 따고 흘리는 눈물은 기쁜가요, 슬픈가요? 이처럼 쉽지 않은 게 우리의 감정입니다. 슬픔이 깊어져 기쁨을 알게 되는 경우도 많습니다. 가여운 사람을 슬퍼할 수 있는 이는 이미 슬픈 사람이 아니라 기쁜 사람입니다. 억눌린 사람과 함께 아파하는 사람은 아프지만 기쁜 사람입니다. 세상을 슬퍼할 줄 아는 사람

이야말로 세상의 진정한 기쁨을 아는 사람입니다.

지금 당장 기쁜 일과 힘든 일이 모두 모여서 나를 만드는 것입니다. 그러니 억지로가 아니라 기꺼이 받아들여야 하는 것입니다. 그런데 우리가 쉽게 받아들이지 못하는 것은, 답은 알고 있지만 그게 마음으로 받아들여지지 않아서입니다.

지금 당장 받아들여지지는 않더라도 답은 알고 있어야 합니다. 답을 알지 못한다면 계속 헤매지만, 답을 알고 있다면 지금 당장은 헤매더라도 언젠가는 답을 향해 나아갈 것이기 때문입니다. 지금 힘든 일을 겪고 있다면, 그 일이 지나고 나서 이 글을 다시 한 번 읽어 보면 훨씬 공감이 클 것입니다.

그러니 우리 인생에서 일어나는 모든 일은 기꺼이 받아들여야 하는 감사한 일입니다!

지금 슬픈가요? 슬프다면 슬픈 이유가 있을 것입니다. 지금 고통스러운가요? 고통스럽다면 고통스러운 이유가 있을 것입니다. 슬픈 이유도 고통스러운 이유도 각자 다를 뿐입니다. 사랑하는 사람과 이별해서 슬픈 사람도 있고, 자신이 뜻한 일을 이루지 못해 슬픈 사람도 있고, 다른 사람들이 자신을 믿어 주지 않아서 슬픈 사람도 있습니다. 슬픈 이유도 고통스러운 이유도 각자 다르지만, 분명한 건 슬픔도 고통도 없는 사람은 없다는 것입니다. 하나의 슬픔, 하나의 고통이 가고 나면 또 다른 슬픔, 또 다른 고통이 오는 것도 인생의 순리입니다.

우리의 인생 자체가 슬픔, 그리고 고통일지도 모릅니다. 그래서 어떤 성자는 인생을 '고통의 바다'라고 했지요. 바다에 처음 가 본 사람은 바다의 넓이에 놀라게 됩니다. 끝없는 수평선을 바라보며 고통의 크기를 비교해 보세요. 끊임없이 몰아치고 다가왔다가 사라지는 파도의 모습을 생각해 보세요. 고통이란 게 우리를 참 힘들게 합니다. 고통을 만나면 참 슬픕니다. 슬픔의 감정이 생깁니다.

우리는 왜 슬플까요? 우리말에서는 싫은 것을 슬픈 것이라고 했습니다. 싫은 것이 슬픈 것이라니, 굳이 말하지 않아도 와닿을 것입니다. 좋아하는 것이 많으면 기쁜 것이고, 싫은 것이 많으면 슬픈 것입니다. 우리에게는 좋은 게 있고, 싫은 게 있습니다. 우리는 좋은 게 있다면 나쁜 게 있을 것이라고 생각하는데 좋은 것의 반대는 나쁜 것이 아니라 싫은 것인 경우가 많습니다. 좋은 것을 다른 말로 하면 기쁨이 됩니다. 우리네 인생이 항상 웃음이 나고, 마음이 벅차고, 충만한 느낌입니다. 뭔가를 덜어 낼 필요 없이 가득한 느낌입니다. 좋은 감정입니다.

하지만 좋은 게 있으면 싫은 게 있는 게 세상의 이치입니다. 이는 동전의 양면처럼 분명합니다. 아픈 것은 좋지 않지요. 아프지 않았으면 좋겠습니다. 헤어짐도 좋지 않습니다. 아무리 다시 만날 거라 위로해 봐도, 그렇게 믿으려 노력해 봐도 헤어짐은 참 어렵습니다. 노래 가사에 이별이 많은 것은 슬픔의 크기 때문일 것입니다. 하물며 그게 죽음이라면 그 이별은 참을 수 없겠지요.

싫다는 감정은 슬픔과 연결되어 있습니다. 내가 싫어하는 것은 기쁘지 않은 것이고, 막혀 있는 것입니다. 하고 싶지 않다는 의미이고, 그리되지 않기를 간절히 바란다는 의미입니다. 하지만 내 바람과는 달리 싫은 일은 언제나 일어나게 됩니다. 누구든 아프지 않을 수 있나요? 누구나 죽지 않을 수 있나요? 사람끼리 서로 맞지 않아서 다툼이 생기기도 하지요. 사랑해서 아프고, 좋아서 더 슬픈 게 인간의 감정입니다.

우리말의 싫다가 슬프다와 어원이 같은 것은 우연이 아닙니다. 참으로 놀라운 필연입니다. 옛말에서는 '슳다'라는 단어가 '싫다'와 '슬프다'의 의미를 동시에 나타냈습니다. 한국어 공부의 묘미가 아닐까요? 지금은 슳다가 모음이 바뀌어 싫다가 되었고, 슳다에 '-브-'가 붙어 슬프다가 되었습니다. 생각해 보면 싫은 일이 많다는 것은 슬픈 일입니다. 슬픈 일이 생기면 싫은 감정도 따라 생깁니다. 우리는 감정적으로 싫은 감정을 슬퍼했던 것입니다.

한편 우리가 꼭 기억해야 하는 것은 슬픔이 나쁜 것은 아니라는 점입니다. 싫은 감정은 언제나 생길 수 있습니다. 그리고 그 싫은 감정은 슬픔이 되기도 합니다. 한없이 괴로울 때도 있습니다. 하지만 슬픔을 받아들이는 자세가 세상을 기쁘게 살 힘을 줍니다. 슬픔은 나쁜 게 아닙니다. 그게 우리의 삶임을 받아들여야 합니다.

싫다와 슬프다, 두 감정이 원래 하나였다고 생각하면 많은 것이 달라질 것입니다. 싫어하는 사람이 많아지는 것은 슬픈 일이니 사람을 싫어하지 않으려고 노력할 것이고, 다른 사람이 싫어하는 일도 하지 않으려고 노력할 것입니다. 다른 사람이 상처받을 것은 생각하지도 않고 하고 싶은 말을 다 하는 사람을 보면서 싫다는 생각이 들면, 그런 사람이 되지 않으려고 노력할 것입니다.

슬픔이 참 아프네요. 슬픔이 돌이킬 수 없는 상처가 되어서는 안 될 것입니다. 그렇지만 슬픔이 있기에 살아 있음도 느낍니다. 슬픔도 나를 살아가게 만드는 힘입니다. 슬픔이 있기에 마음속에서 싫어하는 것들을 지우려 애씁니다. 슬픔이 많은 인생보다 슬픔을 느끼지 못하는 인생이 더욱 위험한 것도 그 때문입니다. 다시 묻겠습니다. 지금 슬픈가요? 지금 고통스러운가요? 여러분 마음속에서 싫다고 생각하는 것들을 하나하나 지워 보세요. 슬픔이, 고통이 하나씩 둘씩 사라질 것입니다.

좋다,
내가 좋아하는 것은 좋은 것

'좋다'라는 말은 듣기만 해도 기분이 좋습니다. 우리나라 사람들이 가장 좋아하는 말이 좋다가 아닐까 싶습니다. 여러분은 하루에 좋다는 말을 얼마나 많이 쓰나요? 우리가 깨닫고 있지는 못하지만 아마도 참 많이 쓸 것입니다. 기분이 좋다, 맛이 좋다, 사람이 좋다, 날씨가 좋다, 엄마가 좋다, 네가 좋다…….

우리말에서는 좋고 나쁨의 기준이 아주 명쾌합니다. 우리는 좋은 걸 좋아합니다. 우리가 좋아하는 게 좋은 것입니다. 내가 좋아하는 것은 좋은 것이고, 내가 싫어하는 것은 나쁜 것입니다. 생각해 보면 내가 나쁜 것을 좋아할 리는 없습니다. 좋은 사람은 내가 좋아하는 사람이고, 좋은 동네는 내가 좋아하는 동네입니다. 사람이 좋아하는 것은 당연히 좋은 것이라는 생각을 했습니다. 사람을 믿는다는 것입니다. 내가 좋아하는 것이 많으면 좋은 세상이고 내가 싫어하는 것이 많으면 싫은 세상입니다.

우리말 좋다라는 말은 여러 가지 의미로 나눌 수 있습니다. 첫 번째 의미는 우리가 잘 알고 있는 '좋아하다'의 뜻입니다. 봄이 좋다든지 엄마가 좋다든지 할 때 쓰는 표현입니다. 반대말은 '싫다'지요. 좋아하다는 동사이고 좋다는 형용사인 것처럼 구분하지만 좋다는 말에도 동사의 느낌이 있는 경우가 많습니다. 봄이 좋다는 말이나 봄을 좋아한다는 말의 느낌을 비교해 보면 알 수 있습니다. 자동사와 타동사의 차이 정도로만 보입니다.

좋다의 두 번째 뜻은 '훌륭하다'입니다. 이 의미의 반대는 '수준이 낮다' 정도이겠지요. 물론 사람들은 그냥 '나쁘다'를 반대말로 사용하는 경우가 많습니다. 좋은 회사, 좋은 학교, 좋은 사람이라고 말할 때는 뛰어나다는 의미를 갖습니다. 훌륭하다는 의미이지요. 사람들은 좋은 회사를 다니는 것을 좋다고 생각합니다.

그런데 좋다는 말이 훌륭하다는 의미로 쓰일 때는 문제가 발생하기도 합니다. 좋은 직업이라는 말, 좋은 대학이라는 말이 주는 차별의 느낌을 생각해 보면 금방 알 수 있습니다. 나에게 좋은 것이 모든 이에게 좋은 것은 아닐 수 있습니다. 또한 내가 잠시 다른 기준에 흔들려서 좋지 않은 것을 좋다고 말했을지도 모르기 때문입니다. 내가 좋아하는 것이 다른 사람을 기분 나쁘게 하거나 상처를 주어서는 안 됩니다. 늘 조심해야 하는 부분이지요.

세 번째 뜻은 '옳다, 바르다'의 의미입니다. 이 뜻의 반대말은 '나쁘다'입니다. 잘못된 것을 나쁘다고 표현합니다. '악'의 의미이기도 합니다. 우리는 편을 가를 때 좋은 편과 나쁜 편으로 나눕니다. 사람도 좋은 사람과 나쁜 사람으로 나누지요. 어릴 때 장난감 비행기를 가지고 놀면서 우리나라 비행기와 미국 비행기는 좋은 편, 북한 비행기와 소련 비행기는 나쁜 편이라고 구별했던 기억이 있습니다. 좋은 편은 우리 편이고 나쁜 편은 무조건 남의 편이었던 것입니다.

내가 좋아하는 것은 옳은 것이라는 믿음을 보여 주는 표현입니다. 물론 내가 좋아하지 않는 것을 나쁘게 바라보던 태도에는 씁쓸함도 있습니다. 내가 좋아하지 않는다고 나쁜 것은 아니기 때문입니다. 좋아하지 않는 것을 나쁘다고 하며 없애려고 하는 태도는 다른 상처를 만듭니다.

하지만 좋아하는 것을 옳은 것이라고 생각하는 것에는 인간에 대한 긍정적인 태도도 보입니다. 우리가 좋아하는 것이 나쁜 것은 아니라는 생각이 있었던 것입니다. 성악설과 성선설에 대해 논란이 있지만 인간이 원래부터 악한 것을 좋아했는가, 선한 것을 좋아했는가는 다른 문제라는 생각이 듭니다.

인간은 선한 것을 좋아한다는 생각이 좋다의 의미를 옳다로 생각하게 된 것이라고 할 수 있습니다. 착한 행동을 보면 기쁘고 칭찬해야 하고, 나쁜 일을 보면 슬퍼하고 꺼려야 합니다. 그게 우리가 생각하는 인간의 기본적인 자세입니다. 잘못을 했으면 죄를 느끼고 반성해야 합니다. 좀 더 나은 삶을 위해서, 다른 이에게 베풀고 나누는 삶을 위해서 늘 스스로를 다잡아야 할 것입니다.

여러분이 좋아하는 건 무엇인가요? 내가 좋아하는 것에 대해 많이 생각해 보세요. 좋아하는 게 많아져서 좋다는 말을 많이 했으면 좋겠습니다. 아침에 눈을 뜨면 새로운 세상을 만나서 참 좋다는 말이 나오고, 밤에 잠자리에 들 때면 하루 동안 고생한 스스로를 칭찬하면서 참 좋다는 말이 나왔으면 합니다. 때론 힘들기도 하지만 사랑하는 사람이 있고, 사랑하고 싶은 사람이 있는 세상이라면 한번 살아볼 만하지 않은가요? 세상이 나쁘다고 생각하는 건 내가 좋아하는 게 많이 없어서입니다. 세상을 좋아하는 첫걸음은 좋다는 말을 많이 하는 것입니다.

신나다,
억지로 하지 않다

저는 가끔 TV에서 아프리카 사람들이 전통 타악기를 치며 신나게 춤추는 모습을 보면 '참 신이 많은 사람들이구나!' 하는 생각을 합니다. 신이 나서 춤을 추는 그 사람들의 얼굴 표정을 보면 온 얼굴에 웃음 가득하고, 행복한 얼굴입니다. 세상 걱정 하나도 없는 사람들처럼 보입니다.

신나는 것은 이런 것입니다. 억누르려 해도 눌러지지가 않고 자발적으로 우러나오는 것입니다. 요즘 길을 가다 보면 귀에 이어폰을 끼고 걸으며 가끔 음악에 맞춰 살짝살짝 춤을 추는 청년들을 볼 수 있습니다. 음악을 들으며 자신도 모르게 신이 나서

박자를 맞추는 것입니다. 이처럼 '신이 나게' 하는 음악이 신나는 음악이지요.

그러고 보면 우리를 신나게 만드는 데는 음악만 한 것도 없는 듯합니다. 이왕이면 혼자보다 여러 사람이 음악에 맞춰서 함께할 때 더욱 즐겁고 신이 납니다. 신나는 것은 함께할 때 더욱 큰 위력을 발휘합니다. 그래서 음악 공연장이 그토록 흥분의 도가니가 되나 봅니다.

함께 있으면 신나는 사람을 만나는 것은 참으로 행복한 일입니다. 여러분은 누구랑 함께 있으면 신이 나나요? 나랑 있으면 다른 사람도 신이 나는 것 같나요?

'신나다'라는 말을 살펴보면 '신神이 나온다出'는 뜻입니다. 반대의 경우는 '신이 들다'라는 말을 하는데 이는 주로 외부의 신이 내 속으로 들어오는 것입니다. 일반인에게는 이런 능력이 없으므로 사제나 무당 등에게 신이 들어옵니다. 가끔 자신의 모습을 잃어버린 사람들에게 신이 들어오기도 합니다. 이런 경우에 '미친 사람'이라는 말을 듣게 됩니다.

많은 종교에서 신들린 사람에게 퇴마의식을 행하는데, 들어온 나쁜 신이나 마귀를 쫓아야 한다는 생각에서 비롯된 것입니다. 신들린 사람을 잘 치료하는 재주가 있으면 능력자(?)가 됩니다. 종교에서는 지도자 대접을 받습니다. 그만큼 신들린 것은 치료하기도 어렵습니다. 스스로 조절이 안 되고 자기도 모르는 기운에 이끌려 다닌다는 것은 힘들고 슬픈 일이 아닐 수 없습니다. 안타깝습니다.

저는 농담처럼 우리나라에는 신神이 많다고 이야기합니다. 우리는 저마다 신을 가지고 있습니다. 그래서 신이 나는 거겠지요. 자신의 속에서 자신만의 신을 찾아야 신이 나는 것입니다. 이건 종교적인 의미가 아닙니다. 어떻게 보면 에너지와 같은 것이라 할 수 있겠습니다. 나를 깨우는 에너지는 내 속에 담겨 있는 것입니다. 아무리 신나는 일이라도 나와 맞지 않으면 의미가 없겠지요. 나를 동動하게 하지 못합니다.

아무리 하고 싶어도 내 마음이 동하지 않으면 할 수 없는 것들도 많습니다. 글을 쓰는 일도 그렇습니다. 아무리 글을 쓰려고 책상 앞에 앉아도 마음이 동하지 않으면 시간만 보내고 글을 쓸 수가 없습니다. 우스갯소리로 '그분이 오셔야 글을 쓴다'라는 말도 합니다. 내 속에 에너지가 꿈틀거려야 하겠지요.

내가 슬픈데 아무리 흥겨운 노래가 나온다고 몸이 박자를 타게 될까요? 너무 마음이 아픈데도 빠른 비트의 음악을 들으면 신이 나나요? 이럴 때도 신이 난다면 타고난 음악가이거나 아니면 정신 줄을 놓은 경우(?)일 것입니다. 내 속의 에너지를 잘 찾을 수 있다면 신나는 일이 훨씬 많아질 것입니다. 누구나 자신 안에 신이 들어 있기 마련입니다. 나를 들뜨게 하는 에너지는 무엇인가요? 예술, 운동, 공부, 기술? 아니면 뜨거운 사랑인가요? 내가 무엇을 할 때 가장 신이 나는지 잘 생각해 보세요.

저는 언어에 대한 글을 쓸 때, 좋은 사람들과 대화를 할 때 가장 신이 납니다. 제자들과의 대화도 신이 나지만, 좋은 선생님을 만나 대화를 나눌 때는 더욱 신이 납니다. 몇 년 전에 미국에 안식년을 갔을 때 저에게 불교를 가르쳐 주신 박성배 선생님을 만나서 대화를 나누며 질문을 던졌습니다.

"언어가 의사소통에 얼마나 중요할까요?"

그전까지만 해도 저는 의사소통에서 언어가 가장 중요한 요소라고 생각했습니다. 그런데 선생님은 언어는 오히려 의사소통에 방해가 된다고 말씀하셨습니다. 가장 좋은 의사소통은 말을 하지 않고 통하는 것이라고 하셨습니다. 그야말로 이심전심以心傳心인 것이지요. 그때 비로소 '언어가 없는 의사소통'에 대해서 생각을 해 보았습니다. 사유에 대해, 인간에 대해 되돌아보는 좋은 계기가 되었습니다. 이렇게 나의 편견을 깨뜨리는 대화는 신이 납니다.

여러분도 분명 자기 안의 신을 꺼내는 방법이 있을 것입니다. 혼자서 할 수도 있고, 좋은 사람을 만나는 것일 수도 있고, 책을 보거나 음악을 듣는 것일 수도 있습니다. 내 안의 비전을 찾아보는 것도 좋은 방법입니다. 자신이 좋아하는 일을 하게 되면 그만큼 플러스 요인이 될 것입니다. 나를 신나게 하는 일을 직업으로 가지면 좋겠지만, 그렇지 않은 사람도 많습니다. 그럴 경우에는 비록 일이 아니어도 내 삶의 활력소를 만들어 주는 것을 찾아보는 것도 좋겠습니다.

저는 이번 여름방학 때 일본에 가서 한 달 동안 어학연수를 하고 올 생각입니다. 언어와 문화를 배우는 일은 무엇보다 저를 신나게 합니다. 방학 때마다 한 달씩 각 나라에 가서 어학연수를 하고 오는 것도 재미있겠다는 생각입니다. 사실 어학 공부를 얼마나 많이 하는지는 별로 중요한 것 같지 않습니다. 그보다는 다녀온 것 자체가 많은 공부가 될 것입니다. 자신이 하고 싶은 일을 구체화시키고, 실천하는 것이 바로 신나는 일이지요.

내가 신이 나면 세상도 달리 보입니다. 세상이 살맛 나는 곳으로 바뀝니다. '신났네! 신났어!'라는 말이 부정적으로 보이는 경우도 있지만, 신나서 하는 일만큼 행복한 일도 없습니다. 그것은 자신 속에 있는 에너지를 즐거운 일에 쓸 수 있다는 의미가 됩니다. 긍정적인 힘이지요. 그리고 혼자일 때보다는 여럿일 때 더 신이 난다면 그것은 서로의 에너지를 합쳐서 큰 힘을 발휘하는 능력을 갖추었다는 의미도 됩니다.

'신출귀몰神出鬼沒'은 귀신처럼 나타나기도 하고 사라지기도 한다는 의미입니다. 저는 이 말의 사용을 좀 바꾸고 싶습니다. 내 속의 신나는 에너지는 나타나게 하고, 나를 잃게 만드는 나쁜 에너지는 사라지게 했으면 합니다. 내 속의 긍정적인 에너지를 솟아나게 하는 신나는 일을 찾아보세요!

반갑다, 정말로 반가웠을까?

　오랜만에 친구를 만나면 아마도 가장 먼저 나오는 인사말이 '반갑다'일 것입니다. 처음 보는 사람을 만났을 때도 가장 먼저 하는 인사가 반갑다입니다. 북한문화예술단이 우리나라에 와서 공연을 펼칠 때도 가장 먼저 하는 노래가 〈반갑습니다〉입니다. 반갑다는 말은 듣기만 해도 반가운 말입니다. 우리나라 사람들이 가장 좋아하는 인사도 반갑다가 아닐까 합니다.

　우리가 반가운 사람을 만났을 때 어떤 표정이 되는지 한번 떠올려 보세요. 얼굴 가득 함박웃음을 짓고, 눈은 반짝반짝 빛이 납니다. 상대도 그 모습을 보고 더욱 환한 웃음을 짓게 되지요. 반가움이란 이런 것입니다.

우리말의 반갑다는 말은 '기쁘다'와 비슷한 의미로 사용되는 것 같습니다. 만나서 기쁘다는 정도의 해석도 가능하겠지요. 사전에서는 '그리워하던 사람을 만나거나 원하는 일이 이루어져서 마음이 즐겁고 기쁘다'로 해석을 하고 있습니다. 반갑다는 말은 그립고, 즐겁고, 기쁜 감정이 담겨 있는 낱말입니다.

반갑다는 말은 '반+갑+다'로 이루어져 있습니다. '갖+갑+다' (가깝다)와 비슷한 구조로 되어 있습니다. '반기다'라는 말도 있는데 이는 '반+기+다'로 볼 수 있습니다. '즐기다'의 예를 보면 반기다의 구조와 같음을 알 수 있습니다. '반기다' '반갑다'의 형성 방법이 '즐기다' '즐겁다'에서도 똑같이 나타나는 것입니다.

반갑다의 구조를 가장 잘 보여 주는 어휘는 '아깝다'입니다. 아깝다는 말은 '아끼다'라는 말과도 관련이 있습니다. '앗+갑+다' '앗+기+다'의 구조로 되어 있지요. 그런데 여기에서 '앗다'라는 말은 빼앗다는 말의 옛말입니다. 아깝다는 말은 빼앗겼을 때 감정이라면 아끼다는 빼앗길까 봐 생기는 감정이라고 할 수 있습니다.

그렇다면 반갑다의 반도 의미가 있다고 할 수 있겠습니다. 그런데 '반다'라는 말이 없어서 어원을 찾기에는 어려움이 있습니다. '갖다'나 '즐다'의 경우도 마찬가지입니다. 이런 어휘들은 어원을 찾는 게 쉽지 않습니다. 어휘 구조로 봐서는 '반' '갖' '즐'의 의미가 분명히 나타나야 합니다. 요즘에 재미있는 것은 아이들의 표현에 '즐~'이 나타난다는 것입니다.

그럼 반의 의미는 무엇이고 어떻게 찾을 수 있을까요? 우선 반은 빛의 의미로 볼 수 있습니다. 대표적으로 관련되는 단어가 '반짝'입니다. 이는 빛이 나는 모습을 표현한 의태어입니다. 모음을 바꾸면 '번쩍'이 되지요. 사람들이 쓰는 말 중에 화려한 모습을 표현할 때 쓰는 '삐까번쩍'이라는 말이 있는데, 이 말은 표준어는 아니지만 아주 재미있는 말입니다. 왜냐하면 '삐까'가 일본어로 번쩍이라는 뜻이기 때문입니다. 한국어와 일본어가 합쳐져 있는 단어입니다. 〈포켓몬스터〉라는 아이들 만화에 등장하는 '피카추'가 바로 빛 몬스터입니다. '피카'가 일본어에서 빛의 의미이지요. 삐까와 같은 말입니다.

번쩍과 연결되는 우리말 단어는 바로 '번개'입니다. 번개도 하늘에서 빛이 내리치는 모습을 표현하는 어휘로 '번'은 빛과 관계가 있습니다. 번개는 하늘에서 '안개, 무지개, 는개' 등과 짝을 이루는데, 그중에서 빛을 담당하고 있다고 보면 됩니다. 벌레 중에서 빛과 관련이 있는 것은 '반딧불이'입니다. 이는 '반디'에서 발

전된 말입니다. 반디의 '반'도 빛이라는 의미임을 알 수 있습니다. 반디라는 말에서 반의 빛이라는 뜻이 희미해지면서 다시 뒤에 불이가 붙은 것입니다. 반디라는 말만 해도 충분히 빛 벌레인 셈입니다.

반이 이렇게 빛의 의미임이 명확하므로 반갑다의 의미도 추론이 가능합니다. 환해진다는 의미지요. 얼굴이 밝아진다는 의미로 볼 수 있습니다. 실제로 반가운 사람을 만나면 얼굴이 밝아지지 않나요? 괜히 기쁜 웃음이 난다면 반가운 것입니다. 꼭 다문 입술을 하고 반갑다는 말을 했다면 거짓말을 하고 있는 것입니다. 반갑다의 핵심은 바로 얼굴이 밝아지는 것이기 때문입니다. 웃는 모습으로 사람을 맞이한다는 의미지요.

반갑다는 말을 하는 내 모습을 되돌아봅니다. '나는 밝았을까? 나는 사람을 만나서 기뻤을까? 정말 반가웠을까?' 반성이 많이 됩니다. 반가운 사람을 만나면 저절로 웃음이 납니다. 그야말로 미소가 얼굴 한가득이지요. 하지만 싫은 사람을 만나면 얼굴도 굳고 마음도 굳습니다. 종종 억지웃음을 짓게 됩니다. 이런 웃음은 오래가지 못하지요. 뒤돌아서면 휙 사라져 버립니다. 정말 0.1초도 안 걸려요.

하지만 즐거운 미소는 입가에 남아 있지요. 이걸 우리는 입가에 '걸려 있다'고도 합니다. 그야말로 싱글벙글거립니다. 사람들마다 묻습니다. 무슨 좋은 일이 있냐고. 내가 말 안 해도 내 밝은 표정이 주변을 밝게 만들고 있는 것입니다. 그게 반갑다가 보여주는 세상입니다. 여러분에게도 반가운 사람, 반가운 일이 많아지기 바랍니다.

바쁘다,
게으르다의 반대말이 아니다

'바쁘다'는 '게으르다'의 반대말이 아닙니다. 바쁘게 사는 게 꼭 좋다고는 할 수 없습니다. 그런데도 많은 사람들이 늘 바쁘다는 말을 입에 달고 사는 건 왜일까요? 바쁘지 않은 건 게으르다고 생각해서일 것입니다. 바쁜 사람은 인생을 성실하고 부지런하게 사니까 다른 사람보다 더 길게 살 것이라 생각하기 때문일 것입니다. 바쁘다의 어원을 찾아보니까 '자주 하는 것'입니다.

바쁜 사람의 이야기를 들어 보면 이렇게 바쁜 삶을 원하지 않는다고 늘 말하곤 합니다. 곧 이 일을 그만둘 것이라 말하고, 은퇴 후에는 어떤 일을 할 것인지에 대한 구상도 많습니다. 실제로

교외에 땅을 사기도 하고, 전원주택을 매입하기도 하고, 주변에 텃밭을 가꾸기도 하며 미리 자신을 단련시킵니다. 참 바쁘지요.

아잔 브라흐마 스님이 쓴《술 취한 코끼리 길들이기》책에 나오는 이야기입니다.

멕시코 어촌에 휴가를 온 미국 경영학자가 일찍 일을 끝내려는 어부에게 충고를 합니다. 좀 더 오랫동안 열심히 일하고 직원을 고용해서 회사를 차리면 훨씬 부자가 될 수 있을 거라고 말입니다. 그러자 어부가 그 교수에게 다시 묻습니다. 그렇게 하면 나중에 어떤 점이 좋은지를. 그 교수는 대답합니다. 퇴직 후 조용한 곳에서 편안하고 행복한 삶을 살 수 있을 거라고. 어부는 바로 대답합니다. 자신은 이미 현재에 만족하며 행복하게 살고 있다고 말입니다.

바쁘게 사는 것은 인생을 길게 사는 것이 아니라 오히려 짧게 사는 거라 할 수 있습니다. 물론 게으르게 살아야 한다고 말하려는 것은 아닙니다. 부처님도 돌아가시면서 유훈으로 게으름 피우지 말고 정진하라고 하지 않았던가요? 게으름은 바쁨의 반대가 전혀 아닙니다. 우리는 바쁘지 않으면 게으르다고 생각하기 때문에 늘 바빠야 하는 것처럼 생각하고 있습니다.

위의 이야기에 나오는 사람처럼 은퇴 이후의 설계는 어쩌면 오지 않은 미래에 대한 무모한 확신일 수 있습니다. 그때까지 산다고 누가 보장을 하나요? 불확실한 미래에 자신을 맡기는 것은 위험하지 않을까요? 또한 오래 사는 것은 단순히 생존하는 것을 의미하지 않습니다. 단순히 바쁘게 오래 살 것이 아니라면 지금 당장 이 자리에서 내가 할 수 있는 일을 찾아야 합니다. 그래야 인생이 길어집니다.

바쁘다라는 우리말을 잘 살펴보면 인생을 길게 살기 위한 방법을 역으로 보여 줍니다. 바쁘다는 '밭다'와 '브'가 합쳐진 말로 보입니다. 밭다라는 말은 '잦다' 혹은 '짧다'는 의미의 단어입니다. 기침을 밭게 한다고 하면 자주 한다는 의미입니다. '밭은 기침소리'라는 표현도 있습니다. 어떤 일을 계속 자주 해야 한다면 바쁠 수밖에 없습니다. 잦은 업무, 잦은 만남, 잦은 회식, 잦은 외출, 잦은 술자리는 우리 모두를 바쁘게 합니다.

'바투'라는 부사는 밭다와 관련이 있는데 짧다는 뜻입니다. 줄을 바투 잡았다는 말은 줄을 짧게 잡았다는 뜻입니다. 시간을 짧게 만드는 것은 우리를 바쁘게 만들게 됩니다. 바쁘면 많은 일을 할 것 같지만 실제로는 단지 시간을 짧게 만들 뿐입니다. 시간이 짧게 느껴지니 바쁠 수밖에요. 짧은 휴식, 짧은 명상, 짧은 기도야말로 우리를 불행하게 합니다. 그야말로 정신이 하나도 없지요.

뭐든지 빠른 게 좋은 것처럼 이야기하지만 시간을, 인생을, 자신을 찬찬히 들여다보아야 합니다. 그렇지 않으면 사라집니다.

철학자 세네카의 《인생이 왜 짧은가?》에 나오는 구절입니다.
'너무 좋은 옷을 입고 다니고, 자신을 치장하고, 아주 유명해지고 싶어 하는 사람들을 부러워하지 마라. 인생을 대가로 주고 산 것뿐이다.'

세네카는 실제로 다리미로 다리는 옷보다 입고 보관하기에 편한 옷들을 좋아했다고 합니다. 쓸데없는 욕망들이 다 우리를 바쁘게 하는 것들이라고 했습니다. 나를 한시도 가만두지 않고 쉴 새 없이 몸을 움직이는 게 바쁜 게 아닙니다. 이것은 정신없는 것일 뿐입니다. 일주일에 3~4일은 술자리를 가져야 하고, 겉치장을 하느라 하루에 많은 시간을 소비하는 게 바쁜 것입니다.

인생은 짧습니다. 자신을 돌아볼 여유 없이 달리기만 하는 사람은 숨이 찰 수밖에 없습니다. 잠깐의 틈이라도 나면 명상을 하고, 기도하고, 책을 읽어야 합니다. 어떻게 살 것인가, 어떻게 죽을 것인가 늘 생각하며 살아야 합니다. 그래야 인생이 깁니다. 하고픈 일을 미루지 않아야 인생이 길어집니다.

비슷하다,
같은 것이 아니다

여러분은 가진 것이 많다고 생각하나요? 아니면 못 가진 것이 많다고 생각하나요? 사람은 누구나 가진 것도 많고, 못 가진 것도 많습니다. 그런데 내가 가진 것은 잘 보지 못하고 남이 가진 것이 좋아 보여 따라 하려고 하는 사람들이 많습니다. 그것도 그 사람의 진정한 내면이 아닌 겉모습을 말입니다.

우리말 '비슷하다'는 그 문제를 잘 일러 주고 있습니다. 사람들이 흔히 하는 비슷하다는 말에 대한 오해가 있습니다. 비슷하다고 하면 같다고 생각하기 쉬운데, 비슷하다는 말은 같다는 말이 아닙니다. 이게 핵심입니다. 특히 언어 교육을 할 때는 '비슷한 말'을 '같은 말'처럼 가르쳐서는 절대 안 됩니다. 만일 그렇다면 많은 문제가 발생합니다. 큰일이 날 수 있습니다.

외국인에게 사람과 인간을 같은 뜻이라고 이야기했을 때, 아직 언어에 대한 감이 없는 외국인들은 아무 문장 속에서나 바꿔 씁니다. 그러면 싸움이 일어나거나 엉뚱한 말이라고 놀림을 당할 수 있습니다. '저 사람이 제 친구예요'라는 문장에서 사람을 인간으로 바꾸면 어떤 일이 일어날까요? 외국인이라 우리말이 서툴러서 그렇다는 걸 알면서도 직접 그 말을 듣는다면 기분이 좋지는 않습니다. 영어에서도 because, since, as는 비슷한 말이지만 문장 속에서 어떻게 쓰이느냐에 따라 어감이 확 달라집니다.

비슷한 말을 가르칠 때는 같은 말이 아니므로 조심해서 사용해야 한다고 알려 주어야 합니다. 말뿐 아니라 모든 것에서 비슷한 것은 같은 게 아닙니다. 비슷한 것은 단순한 흉내가 되는 경우도 많습니다. 하지만 세상은 흉내 정도로는 안 되거나 오히려 문제가 되기도 한다는 점을 기억할 필요가 있습니다.

우리말에서 비슷하다를 살펴보면 느낌을 명확히 알 수 있습니다. 비슷하다에서 '빗'을 추출할 수 있는데 빗은 주로 정확하지 않음을 나타냅니다. 제일 쉽게 이해할 수 있는 단어는 '빗맞다'나 '빗나가다' '빗기다' '비키다'가 있습니다. 정확하지 않다는 의미지요. '빗금'이나 '빗살'도 사선斜線을 의미합니다. 사선은 정확하게 그은 선이 아닙니다. '비탈'도 '빗'과 '달'로 구별해 볼 수 있습니다. '달'은 '양달'이나 '응달'에서와 마찬가지로 '땅'이라는 뜻입니다. '아사달'의 '달'도 같은 의미로 볼 수 있습니다. 비탈은 똑바로 된 땅이 아닙니다. 농사를 짓는다고 생각하면 비탈의 어긋남이 잘 느껴질 것입니다.

비슷하다의 부정적 이미지를 잘 보여 주는 단어로는 '비뚤다'가 있습니다. 이 말은 주로 '비뚤어지다'로 쓰이게 되는데 위태위태한 느낌이지요. 사람에게도 쓰이는데 이는 잘 자라는 모습이 아닙니다. 다른 표현 중에는 '비틀거리다'가 있습니다. 이 말은 '비틀다'와 관련이 있는데 서로의 방향을 엇갈리게 하는 것을 말합니다. '비틀비틀'의 모습도 불안하지요. 비뚤다나 비틀다나 모두 바르지 않다는 의미가 내포되어 있습니다. 이런 부정적 의미가 남아 있는 말로 '삐지다' '삐치다'나 '삐쭉이다' 등이 더 있습니다. 삐친 사람을 달래기란 진짜 힘들지요. 부정적인 느낌이 이해가 되지요?

비슷한 것마저도 자신이 없을 때가 있습니다. '비스무리하다'나 '엇비슷하다'가 대표적입니다. 사실은 엇비슷하다의 '엇'도 빗과 유사한 구실을 합니다. '빗나가다'와 '엇나가다'의 느낌을 비교해 보면 알 수 있습니다. 비스듬하게 써는 것을 '어슷썰기'라고 하는데 '어슷'도 빗과 유사하게 쓰입니다. 엇비슷하다는 말은 비슷한 것을 두 번 겹쳐 더 자신 없음을 보여 주고 있습니다. 비스무리하다는 말도 약간 비슷하다는 의미라고 할 수 있습니다.

비슷하다가 우리에게 일러 주는 것은 사람은 누구나 다 가치를 지니고 있는데, 누군가와 비슷해지려고 모방하지 말라는 것입니다. 그것도 속이 아닌 겉만 비슷해지려고 모방하는 것은 더욱 좋지 않습니다. 비슷하다는 것은 단순히 남을 모방하고 따라 한다는 느낌이 강합니다. 비슷하게 해서는 절대로 같아질 수 없습니다. 오히려 자신의 가치마저 잃어버릴 수 있습니다. 겉모습을 비슷하게 따라 하는 것이 아니라 속에 담겨 있는 가치를 배우고 담아야 합니다.

자신이 진정으로 존경하는 사람을 떠올려 보세요. 그분의 어떤 모습을 닮고 싶은가요? 그분의 겉모습이 아니라 인격이나 가치 있는 내면의 모습일 것입니다. 속을 닮아 가는 것과 겉을 비슷하게 하는 것은 천지 차이입니다.

속을 닮고 싶다는 것은 그 사람의 아름다운 내면을 본받아 자신도 가치 있는 사람으로 거듭나고 싶은 욕구입니다. 겉모습을 따라 하고 싶다는 것은 자기를 잃어버리고 자신의 내면을 더욱 피폐하게 만들어 가는 것일 뿐입니다. 내가 존경하는 사람을 담고 닮아서 내 속을 변화시켜야 진정한 나의 모습으로 다시 피어 나는 것입니다. 내 '몸짓'이 변화하는 게 아니라 '몸'이 변해야 한다는 의미입니다.

모든 사람은 자신이 시작된 곳을 알고 싶어 하고 그곳에 가면 편안함을 느낍니다. 귀소본능歸巢本能이라는 말도 태어난 곳으로 돌아가려는 무의식적인 본능이 있다는 말입니다. 자신이 알로 태어난 곳을 찾아가는 은어나 먼 길을 질서 정연하게 날아가는 철새들을 보면서 정말 대단한 능력이라는 생각이 들기도 합니다. 왜 이런 능력을 갖게 되었는지 경외심도 듭니다. 농담이지만, 술취한 사람의 귀소본능도 거의 신의 영역인 것 같습니다. 그렇게 취해서 집을 어떻게 찾아가는지 모르겠습니다.

　우리말 '돌아가시다'는 귀소본능을 정말 잘 나타내는 말입니다. 물론 이때 돌아가는 곳은 구체적인 장소라기보다는 추상적인 곳을 의미합니다. 보통은 태어난 곳이나 조상이 있는 곳 정도의 의미를 담고 있습니다. 따라서 우리는 죽어서 어디로 돌아가는지는 모르지만, 그곳으로 가는 것을 아주 겁낼 필요는 없다고 생각했던 듯합니다. 부모님도 가족도 조상도 그곳에 함께 있을 테니까 말이지요. 돌아가면 그리운 사람을 다 만날 수 있다는 생각이 담겨 있습니다.

우리가 살면서 힘든 일을 겪을 때면 고향 생각이 더욱 나고 가족 생각이 더욱 나는 것도 귀소본능일 것입니다. 내가 처음 시작된 곳에서 다시 시작하고 싶은 마음을 얻고 싶은 것이지요. 추석 때 엄청난 귀성 행렬을 귀소본능의 발로라고 보는 것도 무리는 아닙니다. 고향은 태어난 곳이기도 하지만 돌아가고 싶은 곳이기도 합니다. 이런 면에서 저는 찾아갈 고향이 있는 시골 출신인 분들이 부럽습니다.

비록 시골은 아니지만 저도 살면서 종종 감정이 복잡할 때는 어릴 적 살던 곳을 찾아가곤 합니다. 제가 자란 곳은 남산 아래이고, 지금은 경리단길이라고 이야기하는 곳입니다.

이렇게 고향을 소개하면 좋은 곳이었겠다고 말을 합니다. 공기도 좋고, 마을도 예뻤겠다고 합니다. 글쎄요. 공기는 좋았을지

모르겠는데 예쁜 마을과는 전혀 관계가 없었습니다. 집 주소가 산 1에 25였는데 주소에 '산'이 붙어 있었던 것으로 봐서 산동네였음을 알 수 있습니다.

그때는 아무 생각이 없었지만 산이 붙은 주소는 어려운 환경을 나타냈다는 생각이 듭니다. 주소도 차별이 될 수 있다니 슬픈 일입니다. 옆 마을이 해방촌이었으니 전체적으로 비슷한 이미지의 마을이었으리라 생각합니다. 해방촌이 서울 한복판에 있었으니 서울이라고 다 같은 서울이 아니었겠지요.

얼마 전 어릴 때 놀던 동네에 가 보고서야 주소의 느낌이 확 다가왔습니다. 엄청나게 경사진 동네였습니다. 눈이 오면 사람이 잘 다닐 수 없고, 차가 올라가는 것은 어쩌면 모험에 가까울 듯했습니다. 그날은 날씨가 좋았는데도 차는 헉헉거리며 길을 올랐습니다. 우리 동네에서 멀리 보이던 하얏트 호텔의 반짝이는 건물 유리는 늘 딴 세상의 이야기였습니다. 어릴 때 자라던 곳에 서서 그때의 느낌을 생각하니 묘한 기분이 들었습니다. 반갑고 좋은 감정도 있었지만 어려웠던 날도 생각이 났습니다. 귀소는 그런 느낌일 수도 있겠습니다. 그저 좋기만 한 것은 아닙니다. 복잡한 마음이 모세혈관까지 찌릿한 감정의 흔들림이라고나 할까요?

고향을 떠난 사람들에게, 외국에서 살고 있는 동포들에게 '돌아가는' 것은 이런 감정의 흔들림이 있을 것입니다. 특히 재외동포 2세, 3세로 내려가면 태어나서 한 번도 가 본 적 없는 곳이지만 묘한 감정이 생길 것입니다. 자기와 같은 사람들이 모여 사는 모습을 보면서 새로운 경험을 하게 될 것입니다. 나를 닮은 사람이 가득하다는 사실이 충격적이기도 할 것입니다. 하지만 이러한 경험이 어쩌면 평생을 기쁘게 살아갈 힘을 줄 수도 있습니다. 꼭 한 번은 자신의 귀소본능을 실현해 보기 바랍니다.

지금 혹여 부모님이나 형제자매와 갈등을 겪고 있는 분이라면 더더욱 어릴 때 자란 곳을 찾아가 보세요. 그곳에서 내가 부모님께 사랑받으며 자랐던 기억, 형제자매들과 즐겁게 뛰어놀았던 추억만으로도 갈등의 반은 사라질 것입니다.

부모님이 자란 고향이나 집을 한번 찾아가 보는 것도 좋겠습니다. 분명 지금까지는 내가 놓치고 있었던, 부모님을 더욱 이해할 수 있는 것들을 발견하게 될 것입니다. 부모님이 다니던 학교에 가 보고 부모님과 화해하게 되었다는 제자의 말이 가슴에 남아 있습니다. 내가 시작된 곳에 선다는 것 자체만으로 감정의 흔들림을 느낄 수 있을 것입니다. 생동감 넘치는 긍정의 에너지가 나에게 더욱 다가올 것입니다.

얄
밉
다,

마냥 미워할 수만은 없다

언젠가 고려가요 〈청산별곡〉을 읽다가 후렴구가 어쩜 이렇게 얄미울까 하는 생각이 들었습니다. '얄리 얄리 얄라셩 얄라리 얄라', 얄이라는 단어가 계속 반복되어 그렇게 느꼈을 것입니다. 이 '얄밉다'라는 글은 〈청산별곡〉 때문에 쓰게 되었습니다.

〈청산별곡〉은 '살어리 살어리랏다'라는 구절로 유명하지만, 저는 후렴구가 더욱 매력적으로 느껴집니다. '얄리 얄리 얄라셩 얄라리 얄라'라는 후렴구에는 '얄'이라는 음이 다섯 번이나 들어가 있습니다. 악기의 소리라든지 뭔가 특별한 의미가 있다든지 하는 논의가 있지만 아무래도 묘미는 얄의 반복에 있는 것 같습니다. 얄이라는 단어는 참 재미있습니다. 귀엽고 깜찍한 느낌입니다. 우리말 단어에서 얄이라는 말이 들어가면 의미도 재미있게 바뀝니다. 묘한 재미를 줍니다. 얄이 접두사로 쓰여서 원래 말을 살짝 비트는 맛을 보여 주고 있습니다.

 가장 대표적인 어휘로 '얄밉다'가 있습니다. 얄밉다는 얄이 들어가서 의미가 살짝 바뀌어 무조건 밉기만 한 느낌은 아닙니다. 이 어휘는 '얄미럽다' 등과 같이 방언에서 다양하게 쓰이기도 합니다. 얄밉다는 '밉다'와는 달리 깜찍스러우면서 미운 것을 의미합니다. '얄미워 죽겠어!'라는 말도 어쩐지 완전히 미운 감정만은 아닌 느낌입니다. 밉기는 한데 왠지 깜찍함이 있으니 마냥 미워할 수만은 없다는 느낌이 납니다. 주로 '말이나 행동이 약빠르고 밉다'는 의미로 쓰입니다. 물론 얄미운 것이 좋다는 의미는 아니니 얄밉게 행동해서는 안 되겠지요.
 '얄궂다'라는 어휘도 있습니다. 이 말은 '야릇하고 짓궂다'는 의미를 나타냅니다. 얄궂다도 궂다와는 좀 다른 느낌입니다. '궂다'는 말은 '궂은 날씨' 등에서 알 수 있듯이 안 좋다는 의미입니다. 그런데 얄궂다에는 야릇하다는 의미가 담겨 있습니다. '야릇한 기분'이라는 표현에서 알 수 있듯이 나쁘다는 느낌만은 아닙니다. '야릇하다'도 어원적으로는 얄과 관련이 있어 보입니다.

야릇하다의 의미를 사전에서 찾아보면 '무엇이라 표현할 수 없이 묘하고 이상하다'는 뜻입니다. 이상하기는 하지만 나쁘다는 의미는 아님을 알 수 있습니다. 그야말로 묘한 어휘지요.

비슷한 어휘로는 '얄망궂다'가 있습니다. 이는 '성질이나 태도가 괴상하고 까다로워 얄미운 데가 있다'는 의미입니다. 의미가 얄밉다와 연결이 되어 있습니다. '얄망스럽다'와도 관련지을 수 있습니다. 이는 '성질이나 태도가 괴상하고 까다로워 얄미운 듯하다'라는 의미입니다. 역시 얄밉다와 연결이 되지요. '얄상스럽다'와도 관련이 있는데 '몹시 야살을 떠는 듯한 데가 있다'는 의미로 쓰입니다.

재미있는 것은 발음이 비슷한 '얄쌍스럽다'라는 어휘는 '예쁘장스럽다'는 의미로도 사용된다는 점입니다. 부정적이지만 완전히 부정적이지 않은 특징을 보이는 어휘들입니다. '얄나다'라는 단어도 있는데 이는 '야살스럽게 신바람이 나다'는 의미입니다. 야살스럽기는 하지만 신바람이 난다는 부정과 긍정의 느낌을 전해 줍니다.

다른 어휘들을 좀 더 살펴볼까요? '얄개'는 장난꾸러기의 느낌입니다. 야살스러운 짓을 하는 아이를 일컫는데 뭔가 신나서 장난치기를 좋아하는 느낌의 아이입니다. 약간은 '귀여운 악동'

같은 느낌이랄까요?

한편 어원이 같은지는 좀 더 공부해야 하지만 '얇다'에 해당하는 어휘도 얄의 느낌을 이해하는 데 도움을 줍니다. 방언을 포함해서 '얄상하다, 얄쌍하다, 얄팍하다, 얍삭하다'와 같은 어휘가 있습니다. '얄짤없다'와 같은 어휘도 연구해 볼 만하지 않을까 합니다.

다시 '얄리 얄리 얄라셩 얄라리 얄라'를 생각해 보지요. 〈청산별곡〉을 자연에 돌아가서 살고 싶은 사람의 심정을 노래하는 것으로 생각하는 경우도 있는데, 내용을 읽어 보면 분노, 원망, 한숨 등이 그려져 있습니다. 내용을 보면 누군가 던진 돌에 맞았고, 아무도 오지 않는 밤을 지내기 힘들어합니다. 그렇게 잠들었다가 일어나서는 계속 눈물이 납니다. 참 얄궂은 인생이라는 생각이 듭니다. 그러면서도 세상을 비틀어서 봅니다. 힘들고 한탄스러운 상황마저 조금은 비틀어서 재미있게 바라봅니다.

'얄리 얄리 얄라셩 얄라리 얄라'가 단순히 노래의 운율을 위한게 아니라면 어긋나 비틀어져 있는 자신의 삶을 한탄하는 말일텐데도, 자꾸 부르다 보면 노래의 운율이 재미있어서 분명 웃게 될 것입니다. 여기에 바로 세상을 사는 지혜가 들어 있습니다. 힘든 상황이라도 조금만 비틀어서 보면 웃을 일이 생기는 게 세상이지요!

어렵다,

답은 있는데 이해가 안 되다

우리가 사는 세상이 공평하다고 생각하면 많은 불만이 없어질 것입니다. 그런데 우리가 느끼기에 공평하지 않은 세상이니 힘들고 어려운 문제들이 계속 생깁니다. 여러분이 보는 세상은 어떤가요? 공평하다고 느끼시나요?

종교를 믿는 분들이 가장 받아들이기 어려워하는 것은 나쁜 사람들이 잘 먹고 잘 사는 것을 볼 때입니다. 착하게 사는 사람은 복을 받고, 나쁜 일을 한 사람은 벌을 받아야 하는데 우리가 보기에는 꼭 그런 것만 같지 않은 게 문제입니다. 세상 둘도 없이 착하게만 산 사람이 병에 걸리고 사고를 당하는 일도 많습니다. 그게 내 문제가 되면 더욱 견디기 힘듭니다. 나는 착하게 산다고 살았는데 몸이 아프거나, 더욱이 내가 아닌 자식이 아플 때는 그 고통이 몇 배는 됩니다.

'왜 나한테 이런 불행이 닥칠까!'

정말 세상을 원망하는 마음뿐입니다. 그런데 나쁜 사람들이 잘 먹고 잘 사는 것을 볼 때면 치밀어 오르는 분노를 참을 수가 없지요. 이런 세상을 받아들이기는 참 어렵습니다. 마음속으로는 용서가 안 되는데 '원수를 사랑하라!'라고 하니까 어려운 것입니다.

저도 이런 고민에 한참 빠져 있을 때가 있었습니다. 그때 전헌 선생님의 책《다 좋은 세상》을 읽다가 어렵다는 말은 배우겠다는 뜻이라는 부분을 발견했습니다. 참 많은 생각에 잠겼습니다. 우리는 보통 어려운 부분이 나오면 포기하거나 자기 마음대로 이해하고 맙니다.(수학 문제 이야기가 아닙니다.) 그야말로 배우려는 자세가 안 되어 있는 거지요.

세상일의 경우는 답을 가르쳐 주어도 이해가 안 될 때가 많습니다. 분명히 답은 알겠는데 과정이 이해가 안 돼서 답답합니다. 사실은 답답한 정도가 아니고, 마음이 아프고 미칠 것 같은 때도 있습니다. 그런데 그런 문제가 하나둘이 아닙니다. 도대체 들추어 보는 문제마다 너무 어렵습니다. 하지만 저는 절대로 포기하지 않습니다. 왜냐하면 모든 문제가 내 삶에 관한 문제이고, 사람과 사람에 관한 문제이기 때문입니다. 평생을 들여서라도 풀어야 할 문제이기도 합니다.

어떤 문제가 떠오르나요? 어떤 문제가 정말 이해가 안 되나요? 어떤 문제가 나를 미치게 만들고, 나를 슬프게 하나요? 우리는 보통 문제를 풀다가 답이 이해가 안 되고, 풀이 방식을 아무리 봐도 모르겠으면 혹시 답이 틀린 게 아닐까 의심합니다. 우리가 세상을 보는 방식도 이와 비슷합니다. 그것이 진리라는 것은 알겠는데, 이해가 안 돼서 고통스러워하며 배우고 공부하는 것입니다. 이렇듯 세상을 배워야 하는 이유는 나의 감정을 이해하기 위해서입니다. 감정 공부라고 할 수 있겠습니다.

세상에 태어난 모든 사람은 축복을 받아야 한다는 것은 진리겠지요. 정해진 답입니다. 만약 어떤 사람은 축복받아야 하고 어떤 사람은 그렇지 않아도 된다고 생각하는 순간 세상은 복잡해지고 혼란에 빠질 것입니다. 하지만 이 정답이 금방 이해되는 것은 아닙니다. 장애를 가지고 태어난 아이도 축복을 받아야 할까요? 정답은 '그렇다'이지만 선뜻 동의하기 어렵고, 수많은 의심이 생깁니다. 그래서 배워야 하고, 그래서 공부해야 하고, 그래서

기도하고 명상해야 합니다. 치열하게 내 속의 벽을 깨뜨려야 하는 것입니다.

원수마저 사랑해야 한다는 말이 진리인데, 우리는 사랑하는 사람조차도 제대로 사랑하지 못합니다. 원수를 사랑하기는커녕 온갖 저주의 말을 퍼붓습니다. 실제로 저주를 행동으로도 옮깁니다.

모든 이를 차별하지 말아야 하는 것이 진리인데, 차별이 일상화되어 있지는 않은가요? 어떨 때는 자식과 형제도 차별합니다. 심지어 학생도, 환자도 차별합니다. 학력, 직업, 지역, 취향에 대한 차별은 끔찍하게도 사라지지 않습니다. 물질에 의한 차별은 어떤가요? 물질이 사람을 노예로 만들어 버렸습니다. 노예제가 없어졌다고 말하지만 지금도 여전히 노예제 사회라는 생각이 듭니다. 물질적 노예는 여전히 세습까지 되는 듯합니다. 가난의 대물림이지요.

진리에 대한 답을 아는 것과 그렇게 사는 것 사이에는 메우기 어려운 간극이 있습니다. 사람은 누구나 태어나서 병들고 늙어 가며 죽습니다. 이것은 진리이고, 정해진 답입니다. 그런데 우리는 병드는 것이 원망스럽고, 늙지 않으려 또는 늙어 보이지 않으려 애를 씁니다. 죽음은 늘 내 곁에 있으며 내 뜻대로 되지 않음을 잘 알고 있으면서도 죽음에 대한 내 태도는 늘 복잡합니다. 받아들이지 못합니다.

진리는 단순히 많이 배운 사람의 문제가 아닙니다. 믿음은 단순히 지식의 문제가 아닙니다. 삶에 대한 태도의 문제이고, 자연스레 느끼는 감정의 문제라고 할 수 있습니다. 글도 모르는 이가 훨씬 진리를 잘 느끼며 살기도 합니다. 진리 속에서 자유로운 모습을 보입니다. 우리는 이런 경우에 법 없이도 산다고 합니다. 법이 없어도 자유로운 것입니다.

사람을 조건으로 차별하지 않으며, 쉽게 용서하며, 자신의 생로병사를 묵묵히 받아들이는 사람이 진리 속에서 자유로운 사람입니다. 그런 게 인생이라고 담담하게 말을 합니다. 진리를, 그정답을 생각하는 내 감정의 자세를 깊은 명상으로 바라보기 바랍니다. 우리는 어려워서 배우고, 배워서 참 기쁩니다.

저는 요즘도 세계 각지에 우리말 강연을 하러 다닙니다. 우리 교포들을 대상으로 하는 강연도 있고, 해외 대학의 한국어학과에 있는 학생들, 한국어 선생님들을 대상으로 하는 강연도 있습니다. 다른 분들이 이 나라 저 나라를 다니면 좋겠다고 말하고 저도 물론 좋지만, 때로는 몸이 많이 피곤할 때도 있습니다.

그렇지만 그 나라에 가서 우리말 강연을 하면서 두 눈을 반짝이며 강연을 열심히 듣는 분들을 만날 때면 피곤함을 생각할 겨를이 없습니다. 무척 감동적일 때도 있습니다. 제가 우리말을 공부하기를 참 잘했다는 생각이 들 때가 한두 번이 아닙니다.

폴란드 바르샤바에서 열린 유럽 세종학당 워크숍에서 강연을 한 적이 있습니다. 그때의 감동은 지금도 쉽게 가시지를 않는데, 머나먼 타국 땅에서 한국어 교육의 열기와 한국 문화에 대한 사랑을 깊이 느낄 수 있었습니다.

워크숍이 끝나고 한국과 유럽의 문화 교류 축제가 열렸습니다. 모든 순서가 감동적이었지만 특히 우리의 악기인 가야금, 대금, 해금과 서양의 바이올린, 비올라, 첼로가 만들어 낸 어울림에는 깊은 울림이 있었습니다. 가슴이 뭉클해지고 눈시울이 뜨거워졌다는 선생님들이 많았습니다. 서로의 감정이 잘 어울리는 연주였습니다. 전혀 어울릴 것 같지 않은 우리 악기와 서양 악기가 잘 조화를 이루어 너무도 멋진 하나 된 소리를 만들어 냈지요.

그때 어울리다라는 우리말 단어를 곰곰이 생각해 보았습니다. '어울리다'라는 말은 두 가지 뜻이 있습니다. 간단히 설명하자면 하나는 조화를 이룬다는 뜻이고, 다른 하나는 같이 잘 지낸다는 뜻입니다. 참 절묘한 조합이 아닐 수 없습니다. 그러고 보면 어울리는 사람과 어울리는 것만큼 기쁜 일도 없는 듯합니다. 어울린다는 말은 나와 똑같다는 뜻이 아닙니다. 나랑 모든 게 같으면 오히려 재미가 없을 것입니다. 나와는 다르지만 나를 밀어내지 않고 이해해 주는 사람이 나와 어울리는 사람이 아닐까 합니다.

어울리는 것은 사람에게만 해당하는 말이 아닙니다. 나에게 어울리는 장식품이 있고, 나에게 어울리는 옷이 있습니다. 치마가 어울리는 사람이 있고 바지가 어울리는 사람이 있습니다. 그래서 어울린다는 말은 종종 나답다는 의미가 됩니다. 내게 어울리게 꾸며야 합니다.

내게 어울리는 말도 있고 행동도 있습니다. 어떤 사람은 말을 잘하니 말을 해야 하고, 어떤 이는 생각이 깊으니 사색에 잠겨야 합니다. 노래를 잘하는 사람은 노래를 하고, 그림을 잘 그리는 사람은 그림을 그려야 합니다. 남이 잘하는 것을 내가 꼭 잘해야 하는 것이 아닌데, 괜히 주눅이 들고 자책을 합니다. 답답한 일입니다.

자신에게 어울리는 일을 찾아야 합니다. 공부를 잘하고, 시험 문제를 잘 푸는 게 우수한 능력이어서는 안 됩니다. 평생 동안 하고 싶은 일을 찾으면 그것만큼 큰 행복이 없습니다. 일이 좋아야 하고, 일에서 행복을 찾을 수 있어야 내게 어울리는 일입니다.

그런데 어울리다에 대한 오해가 있습니다. 많은 분들이 어울린다고 하면 서로 비슷한 것들끼리, 비슷한 사람들끼리 잘 어울린다고 생각합니다. 하지만 서로 다른 사람일수록, 서로 다른 문화일수록 어울리는 점이 많습니다. 여기에 어울리다라는 말의 묘미가 있습니다. 한국인끼리보다는 다른 나라 사람과 만나면 재미있는 점이 많습니다. 다르니까 느낄 수 있는 재미지요. 외국어는 생존을 위해서도 배우지만 재미를 위해서도 배우는 것입니다.

내가 그 사람의 말을 하면 그 사람은 더 반가워합니다. 내가 다른 말 속에 담긴 문화를 이해하기 시작하면 내 그릇도 커지고 더 많은 문화를 담을 수 있게 됩니다. 그러면 더 많은 사람과 어울릴 수 있습니다. 이렇게 어울리려면 서로에 대한 관심이 있어야 합니다. 소 닭 보듯이 해서는 어울릴 수 없는 것입니다. '어울리다'라는 말을 친구 사이에 가장 많이 쓰는 이유이기도 하겠지요.

만나는 것과 어울리는 것은 다릅니다. 어울림에는 기본적으로 즐거움이 있습니다. 같은 취미라면 더 잘 어울립니다. 같이 음악을 듣고, 춤을 춥니다. 같이 음식을 먹고, 술도 마십니다. 그런데 자칫하면 이런 것이 다툼의 원인이 되기도 합니다. 그것은 고집을 부리기 때문입니다. 뭐가 되었든 자기 것이 더 낫다고 생각하고 말하기 시작하면 만남은 다툼이 됩니다.

싸움을 뜻하는 '다투다'라는 말은 경쟁에서 왔습니다. '일이 등을 다툰다'는 말을 생각해 보세요. 그 정도면 충분한데도 자꾸 1등을 하려 합니다. 당연히 서로 돕는 일은 없어집니다. 무조건 비싼 음식이 좋은 게 아니고 비싼 술이 좋은 게 아닙니다. 술과 음식은 좋은 사람과 먹어야 더 맛있습니다. 그리고 술마다 어울리는 안주가 있고, 음식마다 궁합이 잘 맞는 음식이 있습니다. 먹는 것이야말로 어울림이 생명입니다.

이렇게 진정한 어울림은 따뜻하고 행복합니다. 저 역시 이렇게 어울리는 사람과 어울리고 싶습니다.

어떤 말은 자주 해야 하고 어떤 말은 조심해서 해야 하고 어떤 말은 하지 말아야 합니다. 어떤 말은 보기만 해도, 듣기만 해도 기분이 좋지 않습니다. 아마도 그런 대표적인 말이 '재수 없다'일 것입니다. 제가 제일 심하다고 생각하는 말은 '재수 없게 생겼다'는 말입니다.

심지어 어떤 사람은 자신을 재수 없게 생겼다고 생각하는 경우도 있습니다. 왜 그렇게 생각하는지 물어보니까, 다른 사람들이 그렇게 말을 했다는 것입니다. 한 사람의 인생을 송두리째 짓밟는 얼마나 심한 말인가요? 저라도 이런 말을 들으면 자신감이

재수 없다,
나에게 돈이 들어오지 않다

확 떨어지고 주눅이 들 것 같습니다. 세상에 재수 없게 생긴 사람은 없습니다. 어떻게 생겨야 재수 없게 생긴 사람일까요?

재수財數의 의미를 《표준국어대사전》에서 찾아보면 '재물이 생기거나 좋은 일이 있을 운수'라고 나옵니다. 그러니까 재수가 없다는 말은 재물이 생기거나 좋은 일이 있을 운수가 없다는 뜻이겠지요. 재물이 생기거나 좋은 일이 있으면 좋겠지만 꼭 있어야 하는 것은 아니므로, 재수가 없다고 해서 나쁜 일은 아닐 것입니다. 아마도 재수가 없는 사람이 대부분일 것입니다. 재수가 늘 있다면 모두 부자가 되고 싱글벙글하며 다닐 테니 말입니다.

그런데 '재수 없다'는 말을 사용하는 장면을 보면 쓰지 말아야 할 말이구나 하는 것을 금방 알게 됩니다. 재수 없다는 말을 사람을 향해서 쓰는 경우가 많기 때문입니다. 어떤 사람을 보고 나서 재수가 없다느니 그 사람은 재수 없게 생겼다는 말까지 합니다. 사람을 만났는데, 재수가 없을 리 있겠습니까? 재수가 없었던 것은 그 사람하고 관계가 없는데, 자꾸 연결시키려고 하는 것이겠지요. 핑계를 대는 것입니다. 자신이 노력하지 않고서 재수를 탓하는 것이지요.

또한 사람이 재수 없게 생길 리가 있겠습니까? 사람은 모두 저마다의 복으로 생겨났는데, 상대를 아주 비하할 때 쓰는 말입

니다. 저는 가장 하지 말아야 하는 말이 그 사람이 생긴 것을 가지고 비하하는 것이라고 생각합니다.

코미디의 소재로 사람의 겉모습을 비하하는 경우도 있습니다. 아니, 아주 많습니다. 웃기지요. 남의 겉모습을 보고 키가 작다느니 뚱뚱하다느니 못생겼다느니 하는 말을 합니다. 그뿐 아니지요. 온갖 신체적인 특성이 웃음거리가 됩니다. 입술이 얇아도 두꺼워도, 눈이 작아도 커도 이야깃거리를 만듭니다. 가장 간단하게 사람을 웃기는 방법이겠지만 타고난 모습으로 상대에게 상처를 주어서는 안 됩니다. 내가 그동안 사람의 겉모습을 놀려서 상처를 준 순간들을 기억해 보세요.

저는 종종 이런 표현은 아예 사전에서 빼면 좋겠다는 생각을 합니다. 단순히 종이 사전뿐 아니라 우리의 머릿속 사전에서도 지워 버리면 어떨까 합니다. 사람에게 재수 없다고 이야기하는 것은 편견도 가득 심어 놓습니다. 그 사람을 만났더니 오늘 하루 재수가 없었다는 말의 위력을 생각해 보세요. 다음에 그 사람을 또 만나면 오늘은 무슨 재수 없는 일이 생길까 하고 생각할 것입니다. 그러면 또 안 좋은 일이 생깁니다. 그럼 그 사람을 다시 원망하겠지요. 악순환입니다.

'징크스'는 나쁜 일이 생기는 징조를 뜻합니다. 불길한 징조이지요. 징크스가 많으면 행복할 수가 없습니다. 이래도 안 좋고 저래도 안 좋으니 어떤 일을 해야 할지 알 수가 없습니다. 재수 없는 일이 많고, 재수 없는 사람이 많은 것도 자신을 더 얽어맵니다. 본인에게 있는 징크스는 모두 없앨 수 있도록 노력하고 반대로 즐거운 징크스를 많이 만들고 기억해 두기 바랍니다. 어떤 일을 하면 좋은 일이 생긴다든지, 어떤 사람을 만나면 좋은 일이 생긴다든지 하는 것들 말입니다.

재수 없는 일은 없습니다. 재수 없는 사람은 더더욱 없습니다. 재수 없다는 말로 서로에게 상처를 주어서는 안 됩니다. 특히 외모를 보고 재수 없다고 하면 안 됩니다. 그런 표현은 써서도 안 되고, 혹여 내가 그런 말을 들었다면 '당신에게 돈 들어오기는 틀렸네요!'라고 생각하면 그뿐입니다. 재수 없다는 말이 우리에게 알려 주는 지혜입니다.

축하하다,

너뿐만 아니라 나에게도 기쁜 일

    가장 최근에 누군가를 축하해 준 적이 있나요? 여러분에게 좋은 일이 있어서 다른 사람의 축하를 받은 것은 언제인가요? 내가 다른 사람에게 축하를 해 주는 모습을 떠올려 보세요. 나를 축하해 주는 그 사람의 모습을 떠올려 보세요. 나도 그 사람도 진심으로 기쁜 얼굴로 축하를 해 주었기를 바랍니다.

    축하祝賀한다는 말은 한자어입니다. 그래서 종종 우리는 다른 말이 없을까 하는 생각을 하게 됩니다. 어떤 말이 적당할까요? 보통은 '잘했다' '잘되었다'라는 표현을 씁니다. 타인에 대한 칭찬이 곧 축하의 의미가 되기 때문이겠지요. 물론 '기쁘다'라는 표현을 쓸 수도 있습니다. 다른 사람의 성공을 보고 기뻐한다면 그 이상의 축하가 없을 것이기 때문입니다. 오죽하면 '사촌이 땅을 사면 배가 아프다'는 묘한 속담까지 생겼을까요? 남의 성공을 축하하기란 쉬운 일이 아닙니다. 물론 사촌이 땅을 샀을 때 배가 아픈 건 좋은 게 아닙니다.

　진심으로 나의 성공을 기뻐할 사람이 많다면 그 사람은 행복한 사람일 것입니다. 잘 살았다 이야기할 수 있습니다. 스포츠 스타나 연예인이 매력적인 직업인 것은 본인의 성공을 다른 사람이 함께 기뻐하는 경우가 많기 때문이라는 생각이 듭니다. 좋은 곡이 나왔을 때, 경기에서 이겼을 때 환호하는 사람들을 보면서 고마운 행복을 느낄 것입니다. 물론 부담감도 상당히 생기겠지요. 기대하는 사람이 많으면 꼭 성공하고 이겨야 한다는 마음이 강해질 수밖에 없습니다.

　나의 성공을 축하하는 사람은 누구일까요? 여러분이 원하는 일을 하게 되었을 때 누구에게 알리고 싶나요? 아니 알릴 수 있나요? 잘못 알리면 오히려 문제가 되는 경우가 많습니다. 내 성공을 그 사람도 정말 좋아할까를 생각해 보면 망설여지는 것도 어쩌면 당연한 것 같습니다. 좋은 일이고 기쁜 일인데 소식을 나누는 데 이렇게 걱정이 많습니다. 참 어렵습니다. 생각 같아서는

남의 성공을 그저 축하하면 그만일 것 같은데, 속마음은 복잡합니다.

둘째 아이가 대학에 합격했을 때 다른 사람에게 이야기하기가 어려웠습니다. 축하받을 만한 일이었지만 다른 사람의 마음을 헤아리기가 어려웠기 때문입니다. 진심으로 축하한다고 말할 사람은 누굴까 하는 생각이 들었습니다. 우선은 가까이 계시는 큰어머니께 전화를 드려 이 소식을 전했습니다. 큰어머니는 전화 너머로 '축하한다'라는 말 대신에 '고맙다'라는 말씀을 하셨습니다. 사실 그때 큰어머니 손주는 대학을 떨어졌는데도 그 짧은 한마디에 큰어머니의 마음이 고스란히 담겼습니다. 저는 그때 고맙다는 말을 듣고 마음이 뭉클했습니다.

우리나라 사람들은 정말 축하하는 마음이 들 때 고맙다는 말을 썼습니다. 이 소식을 나에게 전해 주었다는 사실에 고마워했던 것입니다. 내가 기뻐할 사람이라는 믿음이 있었다는 의미도 됩니다. 저에게 본인의 성공을 이야기해 주는 것은 고마운 일입니다. 잘난 척하려는 것이 아니라면 나를 믿기에 소식을 전한 것일 테니 말입니다.

또 하나, 이것은 너에게만 기쁜 소식이 아니라 나에게도 기쁜 소식이라는 생각이 깊게 담겨 있습니다. 당연히 나를 기쁘게 해 주었으니 고마운 일이지요. 내 소식에 나만큼 기뻐할 사람, 어쩌면 나보다 더 기뻐할 사람은 누구일까요? 그런 사람의 마음속에는 축하보다는 기쁨의 마음이 그리고 기쁨보다는 고마움의 마음이 담겨 있습니다. 저는 어휘에 담긴 감정의 흐름을 봅니다.

한편 나의 자세도 생각해 봅니다. '나는 정말로 축하했을까? 나는 정말로 기뻤을까? 나는 정말로 고마웠을까?' '그 사람의 기쁨이 정말로 나의 기쁨이었을까?' 생각을 하다 보니 반성이 됩니다. 언어가 그저 상투적인 표현으로만 존재한다면 언어는 소통의 기능을 잃게 됩니다. 늘 하는 말에서 느껴지는 가벼움을 봅니다.

셋째 마당

타고난 것이 아니라
노력하는 것

정말?,
겉으로 하는 말이 아니다

　저는 하루에도 '정말?'이라는 말을 몇 번이나 하고 삽니다. 분명히 상대의 말을 믿으면서도 왠지 자꾸 확인하고 싶어져서 '정말'을 반복하게 됩니다. 의심의 표현이라기보다는 기쁨의 표현인 경우도 많습니다. 아이가 착한 일을 했다는 말을 들었을 때도 자연스럽게 '정말?' 하고 묻습니다. 못 믿겠다는 의미는 아니겠지요? 기쁘다는 의미입니다. 그래서 정말이라는 표현을 많이 사용한 날은 기분이 좋습니다. 세상에 기쁜 일이 많다는 것을 여러 번 확인한 날이기 때문입니다. 우리의 감정은 세상이 좋다는 것을 계속 확인하고 싶어 하는 것 같습니다. 정말입니다.

정말이냐고 물을 때는 걱정이 담긴 경우도 많습니다. 누가 다쳤다는 소식을 들었을 때도 제일 먼저 나오는 말이 정말입니다. 거짓말을 했는지 확인한다기보다는 걱정이 되어서 하는 말입니다. 그런 일이 일어나지 않았으면 하는 바람으로 자꾸 정말이냐고 묻게 됩니다. 이런 정말도 슬프지만 좋은 말입니다. 살면서 슬픈 일이 안 생길 수는 없겠지요. 하지만 이렇게 걱정해 주는 사람이 있다면 외롭지는 않을 것입니다. 오히려 슬프지만 행복한 기분을 느낄 것입니다.

정말의 반대인 '거짓말'의 정의가 오히려 어렵습니다. 뭐가 거짓말일까요? 거짓말이라면 일단 사실이 아니어야 합니다. 하지만 사실이 아니라고 해서 반드시 거짓말이라고 할 수 없습니다. 왜냐하면 모르고 한 말도 거짓말인가 하는 물음에 금방 걸리기 때문입니다. 모르고 한 말은 틀린 말일 수는 있어도 거짓말이라고 하기는 어렵습니다. 예를 들어 둘 더하기 셋을 여섯이라고 대답한 아이에게 왜 거짓말을 하느냐고 말할 수는 없겠지요. 속이려는 목적이 담겨 있지 않다면 그 말은 틀린 말이지 거짓말은 아닙니다.

속이려는 목적이 있다고 해도 꼭 거짓말이라고 할 수는 없습니다. 사슴을 쫓아온 사냥꾼에게 사슴이 숨은 곳을 말하지 않은 나무꾼이 거짓말을 한 것이라고 말할 수 없을 것입니다. 사슴을 살리기 위해서 마음이 시키는 말을 한 것이기 때문입니다. 우리는 보통 이런 말을 '선의의 거짓말'이라고 하지만 엄밀히 말하면 거짓말이라고 할 수는 없습니다. 이런 말을 전헌 선생님께서는 '정情말'이라고 했습니다. 우리가 알고 있는 '정正말'과 발음이 비슷한 재미있는 표현이지요. 하지만 의미는 바른말이 아니라 감정이 하는 말, 정情말입니다.

우리는 살면서 수많은 상황에서 이런 순간을 만납니다. 거짓말은 정말이 아니라 겉말입니다. 겉으로 하는 말은 속말이 아니라는 의미입니다. 이런 말은 민간에서는 겉말을 속말처럼 한다고 해서 '속이다'라고 합니다. 속이다의 어원을 재미있게 밝힌 거지요. 어원적으로는 맞지 않을지 모르나 그럴듯한 생각임에는 틀림이 없습니다. 세상 사람들의 생각에 고개를 끄덕이게 됩니다.
감정이 말하는 속말을 좋은 말이라고 생각한 것입니다. 아무리 논리적으로 맞는 말처럼 보여도 감정이 함께하지 않으면 거짓말이 되고 맙니다. 강도에게 쫓기는 사람을 숨겨 주는 건 어떤가요? 이럴 때는 숨은 곳을 가르쳐 주는 것이 거짓말입니다. 속으로는 가르쳐 주면 저 사람이 큰일 날 텐데 하면서 가르쳐 주었기 때문입니다. 논리적으로 문제가 없더라도 감정에 문제가 생기면 정말이라고 할 수 없습니다. 물론 무서워서 가르쳐 준 것이 겠지요. 이런 상황이 닥치면 참 어려울 것입니다. 어떤 말을 해야 할지 괴로울 수밖에 없습니다.

사람들은 언어적 논리로만 참, 거짓을 나누기도 합니다. 형식적이지요. 형식적으로 보면 맞는 말이지만 참, 거짓이란 게 그런 것이 아니라는 점이 깨달음을 줍니다. 정말이 많아지면 좋겠습니다. 서로를 걱정하고, 함께 기뻐하는 우리 감정의 말을 듬뿍 하며 살고 싶습니다. 정말 그렇습니다.

못생기다,

내면을 가꾸지 않다

왜 위인전에서 위인들의 용모는 늘 뛰어나다고 묘사되는 걸까요? 얼굴도 잘생기고 풍채도 좋았으며, 얼굴에 빛이 났다는 구절이 많습니다. 동화 속에서도 마찬가지입니다. 〈신데렐라〉에서 신데렐라가 두 언니들보다 예쁜 것처럼 말입니다.

사람을 용모容貌로 판단하는 것은 위험한 일입니다. 겉모습으로 판단하는 것도 잘못이지만 겉모습으로 사람을 잘못 판단하는 것은 더 문제지요. 겉모습을 보더라도 내면의 깊이까지 판단하면 오판은 줄어듭니다. 물론 쉬운 일은 아니겠지만 말입니다. 첫인상의 선입견이 위험한 것은 이런 오판이 생기기 때문입니다.

겉모습과 관련된 일화 중 유명한 것은 강감찬 장군의 이야기가 아닐까 합니다. 강감찬 장군이 일부러 허름한 부하의 옷을 입고 송나라의 사신을 맞이했는데, 사신은 관리의 옷을 입고 있었던 부하가 아니라 부하의 옷을 입었던 강감찬에게 인사를 했다는 일화입니다.

저는 그 이야기를 보면서 어떤 옷을 입어도 빛났던 강감찬에 대해서도 놀랐지만 강감찬을 알아본 사신의 안목에 더욱 감탄을 했습니다. 그는 사람을 겉모습으로 판단하지 않은 것입니다. 강감찬은 키가 매우 작았다고 합니다. 실제 위인들 중에는 겉모습보다 속이 단단한 분들이 훨씬 많습니다.

미의 기준은 사람마다 마을마다 나라마다 달라질 수 있습니다. 서양 미의 기준, 동양 미의 기준이라는 말로 달리 설명하는 것을 보면 더욱 그렇습니다. 시대에 따라서도 달라집니다. 기준은 고정적인 게 아닙니다. 그런데도 사람이 사람에, 문화가 문화에 영향을 미치면서 세상의 미의 기준이 점점 획일화되어 가는 것은 유감입니다. 그것도 서구의 기준으로 합쳐지는 것은 안타까운 일입니다.

그런데 위인을 묘사할 때 용모에 대한 칭찬이 많다는 건 심히 유감입니다. 보통 영웅담에서는 신비로운 탄생과 놀라운 능력,

수려한 용모를 내세우려고 합니다. 용모는 내면의 미가 겉으로 드러난 것이라는 정도의 묘사로도 충분하지 않을까요? 소크라테스는 멜레토스에게 고발을 당했습니다. 멜레토스는 귀족의 용모를 지닌 반면에 소크라테스는 코가 넓고 뚱뚱한 평민적 용모였다고 합니다. 왠지 더 정이 갑니다. 이솝(아이소포스)도 추악한 용모라고 알려져 있습니다. 용모와 사람의 깊이는 관계가 없습니다.

'생기다'라는 어휘를 보면 한자 생生과 관련이 있지 않을까 생각하는 사람이 있을 것입니다. 의미로 봐도 날 생生과 생기다는 통하는 면이 있어 보입니다. 하지만 생기다는 원래 '삼기다'가 변한 말이어서 생과는 전혀 관련이 없습니다. 물론 생과 관련이 있을 거라고 잘못 분석해서 생으로 바뀌었을 가능성은 충분히 있습니다.

생기다와 관련이 있는 말로 '나다生'를 찾을 수 있습니다. 그래서 잘생기다는 '잘나다', 못생기다는 '못나다'와 관련이 있습니다. 어쩌면 겉으로 보이는 미의 기준을 우리가 바꾸기는 어려울 것입니다. 그런 사람의 태도를 무조건 나쁘다고 나무랄 수만도 없습니다. 본능에 가까운 것일 수도 있기 때문입니다.

하지만 겉모습은 비록 뛰어나지 않더라도, 자신의 일에 몰두

하거나 자신만의 내면의 세계를 지닌 사람을 만나면 '아름답다'고 느낄 것입니다. 그때 여러분이 생각하는 아름다움은 외적인 모습인가요? 그렇지 않을 것입니다. 눈에 보이지 않는 그 사람의 내면의 아름다움을 느끼는 것입니다.

가끔 신은 참 공평하다는 생각을 합니다. 태어날 때 아름다운 용모로 태어나도 자신의 내면을 가꾸지 않는 사람은 나이를 먹을수록 얼굴도 추하게 바뀌어 갑니다. 반면에 비록 태어날 때는 남들이 칭송할 외모는 아니지만, 자신의 내면을 계속 가꾸는 사람은 나이를 먹을수록 얼굴도 아름답고 평온하게 바뀌어 갑니다. 그 사람의 얼굴에서 얼마나 세상을 잘 살아왔는지, 아니면 잘못 살아왔는지를 그대로 느낄 수 있습니다. 세상을 잘 살아온 분들의 얼굴을 보면 '아름답지 않다'고 느낄 사람은 없고, 그런 분들에게는 존경하는 마음이 저절로 생길 것입니다. 이런 게 미가 아닐까요?

여담이지만, 이성을 만날 때도 처음에는 비록 겉모습에 끌려 만나게 되더라도, 만남을 얼마나 오래 지속되게 하는가는 서로가 지닌 내면에 따라 좌우됩니다. 자신을 얼마나 존중하고 상대를 얼마나 존중하는지, 나를 얼마나 잘 이해하고 상대를 배려하는지에 따라 만남을 이어 가게 됩니다. 우리의 만남이란 한순간의 강렬함이 아니라 영혼과 영혼의 교감이니까요. 간혹 이 만남의 비밀을 모른 채, 상대와 헤어지고 자신을 책망하거나 상대를 원망하는 사람들을 많이 봅니다. 혹시 지금 만남의 끝에 와 있는 분이라면 한번 잘 돌이켜 보기 바랍니다.

진정한 미의 판단은 내면을 통해서 이루어집니다. 그리고 그 내면의 미는 평생을 통해서 만들어지는 것입니다. 내면의 미는 자신이 만듭니다.

말을 듣다,

부모님의 괜찮다는 말

　우리말에서 '말을 듣다'라는 말은 참 재미있는 표현입니다. 모두 알다시피 사람의 귀는 청각기관입니다. 사람들은 귀의 모양으로 장수長壽를 점치기도 하고, 부처님 귀라고 칭찬하기도 하지만 본질적으로 귀는 듣는 역할을 합니다. 우리말에서 말을 듣다는 단순히 귀로 듣는 것뿐 아니라 이해하고 그에 따라 행동하는 것까지 의미하기도 합니다.

　따라서 귀로 듣되 이해는 못 하거나, 행동으로 옮기지 못한다면 못 들은 게 됩니다. 어떤 사람들은 아예 못 들은 척 하기도 하지요. 말을 듣는다는 말은 주로 명령이나 요청 등에 따른다는 의미로 쓰입니다. 말은 소리로서 단순히 듣는 것만이 아니라 요구에 따라야 한다는 의미가 되기도 합니다. 말을 잘 듣는다고 하면 순종한다는 의미가 되는 경우가 많기 때문에 주로 나이나 권력이 위인 사람의 말을 아랫사람이 들을 때 씁니다. 대표적인 관계가 부모와 자식 간입니다.

당연히 부모의 말을 자식이 잘 들어야겠지요. 말 안 듣는 자식만큼 속상한 일이 없습니다. 참 뜻대로 되는 자식 없습니다. 오죽하면 속을 썩인다는 표현이 나왔을까요? 참다 못해 자식을 향해 비수 같은 말을 쏟아 낼 때도 있습니다.

'호적에서 파 버리겠다.'

'너 같은 자식 낳아서 키워 봐라.'

자식에게 이런 말을 쏟아 낸 부모의 가슴은 얼마나 새까맣게 타들어 갈까요?

물론 자식이 자라는 과정이니 믿고 지켜봐야 할 필요도 있습니다. 하지 말라는 것도 해 봐야 새로운 세상을 만날 수 있는 것입니다. 주어진 길이 아니라 오솔길로도 가고, 자갈길로도 가고, 산길을 거슬러 오르기도 해야 합니다. 사람이 많이 가지 않은 곳으로 가야 새로운 길을 만들 수 있습니다.

그런데 가만 생각해 보면 부모는 자식의 말을 얼마나 잘 듣나

싫습니다. 아이가 아무리 싫다고 해도 부모는 자신이 생각한 길을 강요하기도 하고 아이가 원하는 것, 아이의 마음을 들으려고 하지 않습니다. 자식은 말을 해도 안 통할 것 같으니 부모가 뭐라고 하면 아예 대꾸를 안 하거나 알았다고 말로만 대답합니다. 부모 자식 간 갈등의 대부분은 자식이 부모 말을 듣지 않아서라기보다 부모가 자식의 말을 듣지 않아서 생깁니다.

지인 부자의 이야기가 생각납니다. 아버지는 공군사관학교를 졸업하고 모 항공사에서 기장으로 근무를 한 분입니다. 외동아들을 두었는데, 이 아들이 기대에 못 미치는 대학을 가서 실망이 컸습니다. 거기에 옷 입는 스타일도 머리 모양도 단정하지 못해 아버지는 늘 아들에게 잔소리를 하다 매를 드는 날도 있었습니다.

그런데 아들이 군대를 다녀와서 아버지의 뒤를 이어 파일럿이 되겠다며 미국의 비행학교에 보내 달라고 했습니다. 평생 자신의 일에 자부심이 가득했던 아버지는 아들을 기쁘게 보내 주었고, 아들은 미국의 비행학교를 무사히 졸업하고 한국으로 와서 아버지와 같은 항공사의 파일럿이 되었습니다.

아버지는 이제 정년퇴직을 했지만, 후배들로부터 아들의 비행 실력이 만만치 않다는 얘기를 들을 때면 그렇게 뿌듯할 수가 없었습니다. 그런데도 아버지는 비행 다녀오는 아들을 볼 때마다 끊임없이 잔소리를 했습니다.

"머리가 그게 뭐냐?"

"고공에 올라가야 하는데 담배를 피우면 어떡해? 아직도 정신을 못 차리고!"

그러다 언쟁이 되었습니다. 그날은 아버지가 너무 화가 났는지 매를 들면서 한마디 했습니다.

"넌 내 자식도 아니야!"

참다못한 아들이 벌떡 일어나 매를 든 아버지의 팔을 잡으며 말했습니다.

"내 아버지가 아니면 그럼 아저씨는 누구예요?"

아들의 눈빛은 절망으로 가득했습니다. 그 눈빛을 보는 순간 아버지도 해서는 안 될 말을 했다는 걸 알았습니다.

아들의 이야기를 들어 보니 스트레스 때문에 머리가 많이 빠져서 티 안 나게 머리 모양을 만진 거라는 걸 알게 되었습니다. 아버지는 그동안 아들의 말을 들어 보려는 노력은 전혀 하지 않고, 그저 자신의 눈에 비친 아들의 못마땅한 모습만 계속 이야기했던 것입니다.

대부분의 집에서 생기는 부모 자식 갈등의 대부분은 대화 방식 때문입니다. 부모도 자식의 마음을 모르지 않고, 자식도 부모의 마음을 모르지 않습니다. 당장 서로의 말을 안 들으려고 하니까 문제가 됩니다.

반대로 저는 자식이 부모의 말을 너무 잘 듣는 것도 문제라고 생각합니다. 바쁘니까 자주 연락하지 않아도 된다고 하면 전화가 금세 뜸해집니다. 용돈 같은 건 필요 없다고, 늙어서 돈 쓸 데도 없다고 말하면 자식은 금방 마음을 접기도 합니다. 오랜만에 집에 왔으니 푹 쉬라고 하면 그야말로 꼼짝을 안 합니다. 종종 어른이 되면 부모의 말을 거역할 필요가 있습니다.

저는 결혼하는 제자들에게 부모님 말씀을 듣지 말라고 말하곤 합니다. 처음에는 무슨 뜻인지 몰라서 어리둥절하다가 제가 풀어놓은 이야기를 듣고서는 수긍을 합니다. 말을 안 듣겠다고 결심을 하는 모습이 보기 좋습니다. 효도는 마음도 중요하지만 버릇도 중요합니다. 전화도, 선물도, 집안일도 버릇을 들여 놓아야 합니다.

'말을 듣다'라는 말은 어버이날을 며칠 앞두고 미국에 계시는 부모님께 필요한 거 없으시냐고 전화를 드렸다 한사코 '괜찮다!'라고 말씀하시는 걸 들으며 쓰게 되었습니다. 예전에는 부모님이 그러시면 진짜 괜찮은 줄 알고 어버이날을 그냥 넘어간 적도 있습니다. 그러다 언제부턴가 부모님의 괜찮다가 진짜 괜찮은 게 아니구나 하는 걸 깨닫고 조금씩 말을 안 듣는 자식이 되려고 노력하고 있습니다. 앞으로는 종종 부모님 말씀을 안 듣는 자식이 되어 보는 건 어떨지요?

말을 놓다,
편하게 대하다

저는 친구나 친한 후배가 아니면 말을 잘 놓지 못하는 편입니다. 그래서 어떨 때는 동창회나 모임에서 선후배끼리 서로 반말로 이야기를 주고받는 것을 보면 부러울 때가 있습니다.

"형! 잘 지냈어?"

"그래, 연락 좀 하고 살아!"

"알았어요. 조만간 내 한번 찾아갈게요."

후배는 반말을 했다 높였다 하는데, 그 모습마저 참 정겨워 보였습니다.

그러면서 '말을 놓다'라는 말이 사람 사이를 참 정겹고 편안하게 만드는구나 하는 생각을 했습니다. 보통은 말을 놓는다고 하면 기분 나쁘게 생각하기 쉽습니다. 특히 고등학교 남학생에게 반말을 했다가는 큰일 납니다.

"아저씨, 처음 보는데 왜 반말해요?"

시비 붙기 딱 좋습니다. 이런 심리를 잘 아는 대학생들은 고등학생들에게 절대 반말 안 합니다. 간혹 나이 지긋한 어르신들이 고등학생에게 반말을 했다가 곤욕을 치르는 경우도 보았습니다.

우리말에서 '놓다'의 반대는 '잡다'일 것입니다. 잡는 것은 집착의 의미로 다가옵니다. 그것도 꽉 쥐고 있는 것을 집착이라고 할 수 있습니다. 무엇을 잡고 있느냐에 따라서 집착의 종류도 달라집니다. 여러분은 무엇을 잡고 있나요? 꽉 쥐고 있을 때는 빈틈도 공간도 보이지 않습니다. 그만큼 답답할 것입니다.

저는 말을 스스럼없이 하고 말을 놓는 것이 관계를 좀 더 편안하게 해 주는 윤활유라고 생각합니다. 동창회에서 만난 선배가 존대를 할 때면 우리는 이렇게 말하곤 합니다.

"선배님, 말씀 편하게 하십시오. 말 놓으셔도 됩니다."

이 말은 나를 좀 더 편하게 대해도 된다는 말입니다. 그렇게 해서 선배와 좀 더 가깝게 지내고 싶다는 나의 마음을 전하는 것입니다.

그런 의미에서 놓다는 편안한 느낌을 줍니다. 제일 대표적인 우리말 표현은 '마음을 놓다'일 것입니다. 안심하다는 의미로 사용되는데, 긴장하고 있던 마음을 놓는다는 의미입니다. 걱정이 많을 때 우리는 마음을 잡고 있습니다. 심장이 오그라든다는 말도 합니다. 긴장하는 거지요.

'마음을 내려놓다'라는 표현을 쓰는 경우도 있는데 이럴 때는 더 구체적으로 욕심이나 집착에서 벗어난다는 뜻을 담고 있습니다. 단순히 놓을 뿐 아니라, 아래로 내려놓는 것이니 체념할 것은 체념하는 모습입니다. '체념'은 포기가 아니라 내 욕심을 거두어들이는 느낌의 단어입니다. 족한 줄 아는 느낌이라고나 할까요. 저는 이 표현을 볼 때마다 내가 붙잡고 있는 것은 무언지 살펴봅니다.

'모든 것을 내려놓았다'고 할 때는 자신의 명예나 권력, 부 등 그동안 집착했던 세상의 일을 놓는다는 의미가 됩니다. 모든 것을 내려놓는 것은 좋은데, 자신의 목숨을 가볍게 여기는 것은 위험한 일입니다. 제발 목숨은 내려놓지 마세요. 결심을 말할 때 '죽어도'라는 표현은 삼가기 바랍니다. 목숨이 아니라면 모든 것을 내려놓고, 자신의 삶을 되돌아볼 수 있는 시간을 갖는 것은 좋은 일입니다. 마음을 잡는 게 나쁜 것은 아니지요. 어디에 둘

데 없는 마음을 잡고 원하는 방향으로 가는 게 나쁠 리 있겠습니까?

    말을 공부하는 저는 말을 놓다라는 표현을 볼 때마다 내가 언어에서 잡고 있는 것은 무엇인가 생각해 봅니다. 말을 놓는다는 말은 말을 편안하게 한다는 의미입니다. 말을 놓다의 반대는 말을 높이는 것입니다. 둘이서 긴장하며 말하다가 마음이 편해지고, 서로의 사정을 알게 되면 말을 놓게 되는 거지요. 이 말은 주로 윗사람이 아랫사람에게 하는 경우가 많습니다. 아랫사람이 윗사람에게 말을 놓으라고 권하기도 합니다. 친구들 관계에서는 좀 더 적극적인 사람이 말을 놓자고 합니다.

    높임말이 좋은 것처럼 말하지만 친구 사이나 가까운 사이에 말을 놓을 수 있는 것은 행복이라는 생각도 듭니다. 여러분은 서로 편하게 말을 놓을 수 있는 사람이 몇 명이나 되나요? 나이 차이가 어느 정도 있어도 말을 놓을 수 있습니다. 예전에는 이런 언어 표현이 어려웠는데, 이제는 '해'라는 표현이 널리 쓰입니다. 해는 분명 아랫사람에게 주로 쓸 수 있는 말이지만, 가까운 사이에는 무리가 없습니다. 말을 놓을 수 있는 장치인 셈입니다.

    말을 놓는다고 서로를 공경하는 마음마저 놓아서는 안 되겠지요. 말을 놓는 것은 서로를 불편하게 하는 긴장을 없애자는 의미이지 무시한다는 의미가 아니기 때문입니다. 서로 편한 사람이 많으면 좋겠습니다. 말을 놓아도 기분이 좋은 사람이 많아지면 좋겠습니다.

덮어놓고,

나는 무엇을 덮어 놓았을까?

싸울 때 보면 덮어놓고 화를 내는 사람이 있습니다. 왜 화를 내는지 이유도 안 가르쳐 주고 소리부터 지르는 사람도 있습니다. 이런 사람은 상대하기가 참 어렵습니다. 보통은 소리부터 질러 댑니다. 싸울 때 소리를 지르는 것은 하수下手들이나 하는 행동입니다. 동물도 센 동물은 큰 소리를 내지 않습니다. 저음低音은 센 동물의 특징이자 특권입니다. 덮어놓고 소리를 지르면 안 됩니다. 이유를 잘 설명하는 게 훨씬 효과적입니다.

관용적으로 쓰이는 표현이어서 '덮어놓고'라는 말에 큰 관심이 없었는데 '덮어놓고 믿는 사람이 있다'는 말에서 이 표현이 궁금해졌습니다. 그러고 보니 우리는 덮어놓고 하는 일이 참 많습니다. 덮어놓고 대들기도 하고, 덮어놓고 울기부터 하는 사람도 있습니다. 덮어놓고 칭찬이나 사과를 하는 사람도 있습니다. 《표준국어대사전》의 정의를 보면 '덮어놓다'는 '옳고 그름이나 형편 따위를 헤아리지 아니하다'라는 뜻으로 나옵니다.

덮어놓고라는 말은 무언가를 덮어 놓았다는 의미입니다. 즉, 가려 놓았다는 의미지요. 그래서인지 '무조건'이라는 의미로 쓰입니다. 이유를 묻지 않는다는 말입니다. 덮어놓고 화를 내는 것은 자신의 문제를 덮는다는 의미는 아닌 것 같습니다. 보통은 상대방의 사정은 듣지도, 알려고 하지도 않는다는 의미로 쓰입니다. 남의 사정을 덮어 버리고 무조건 화를 내고 있는 것이지요. 모든 일에는 전후 사정이 있기 때문에 덮어 놓으면 안 됩니다. 후회할 일이 생깁니다.

덮어놓고 울거나 덮어놓고 미안하다고 하는 사람을 보면 자신의 잘못을 잘 깨닫지 못하는 경우가 많습니다. 우선은 이 자리를 모면하자는 의도가 있어 보입니다. 나는 잘못을 하지 않았지만 미안하다고 말하면 용서가 될 거라는 착각을 하는 것입니다. 말 그대로 착각입니다. 자기의 잘못을 모르는데 미안한 마음이 생기기 어렵습니다.

운다고 해서 진심은 아닙니다. 눈물은 생각보다 쉽게 흐르기도 합니다. 눈물은 미안해서 흘리기도 하지만 억울해서 흐르기도 합니다. 덮어놓고 우는 게 좋은 건 아닙니다. 덮어놓고 칭찬을 하는 경우도 마찬가지입니다. 무엇을 칭찬해야 하는지도 모르면서 무조건 하는 칭찬은 아부가 될 수도 있고 오히려 상대를 기분 나쁘게 할 수도 있습니다. 칭찬은 관심에서 비롯됩니다.

덮어놓고 믿는 것은 위험합니다. 사람의 말을 잘 믿는 게 순수한 측면도 있지만 위험한 측면도 있습니다. 물론 믿는 게 나쁜 건 아니지요. 사람 간의 믿음은 귀한 것입니다. 하지만 문제는 덮어놓고에 있습니다. 과학이나 철학이나 종교 역시 덮어놓고 믿는 것은 위험합니다. 의심이 문제가 아니고, 덮어놓는 것이 문제입니다.

우리는 무엇을 덮어놓고 믿는 걸까요? 맹목적인 믿음은 자신을 가둡니다. 아무리 다른 세상이 있다고 해도 거들떠보지 않습니다. 어쩌면 두려워하는 것일 수도 있습니다. 그동안 자신이 옳다고 믿었던 세상이 틀릴 수도 있다는 생각에 오히려 맹신을 키우고 있을지 모릅니다.

덮어놓고라는 말을 쓸 때마다 내가 지금 덮어 놓은 것이 무언지, 이렇게 덮어 놓는 것이 과연 옳은 일인지 생각해 보았으면 합니다. 간혹 내가 원하는 것을 쟁취하기 위해서 덮어놓고 화를 내거나 누군가를 협박하거나 하는 부정적인 방식을 취하는 사람들이 있습니다. 그래서 당장은 내가 원하는 걸 손에 넣을지 모르지만 그게 옳은 방식일까요? 상대가 내가 원하는 것을 들어주는 것은 무서워서가 아니라 성가셔서 해 주고 마는 경우일 수도 있습니다.

이런 방식은 내가 한 번 하고 두 번 할수록 더욱 힘이 듭니다. 왜냐하면 나 자신도 옳지 않다는 걸 알기 때문에 내 방식을 고수하기 위한 부정적인 에너지를 더욱 많이 쏟아야 하기 때문이지요. 그만큼 힘이 듭니다. 반대로 옳은 방식이라면 말 한 마디도 설득력을 갖기 때문에 힘을 들일 이유가 없지요.

내가 덮어 놓은 것들을 지금이라도 한번 돌아보기 바랍니다. 좋은 것이라면 다행이지만, 좋지 않은 것이라면 평생 모르고 지나는 것보다 지금 당장은 힘들고 아프고, 그에 대한 대가를 치르더라도 정면으로 꺼내서 마주하는 것이 좋습니다. 그동안 내가 덮어 놓은 일은 무엇이었을까 생각해 봅니다. 저의 수많은 허물도 생각이 나네요. 저에게 유리한 쪽으로 덮어놓고 살아온 듯합니다.

악을 쓰다,
상대의 영혼을 죽이다

최근에 악을 쓴 일이 있나요? 왜 그랬나요? 아마도 좋은 일은
아니었을 것입니다. 우리가 보통 악을 쓴다고 표현할 때는 어렵
고, 힘들고, 아프고, 슬프고, 고통스러운 것들을 말할 테니까요.

'악을 쓰고 버티다 보면 이 어렵고 힘든 상황이, 고통이 지나
갈 것이다!'

'악을 써서 이겨 내라!'

그런데 살면서 힘들고 어려운 상황이 많을 텐데, 이럴 때마다
악을 써서 버텨야 한다면 얼마나 버틸까요? 억지로 애써 하는 것
은 오래가지 못합니다. 그런데도 왜 우리는 이런 표현을 쓸까요?

아마도 '악을 쓴다'는 말에 대한 오해 때문이 아닐까 합니다. 사람들은 악을 쓴다고 하면 '열심히 하는 것'으로 생각하는 경향이 있기 때문입니다. 하지만 무언가를 열심히 한다는 것은 내가 좋고 재미있기 때문인 경우가 많습니다. 열정으로 하는 일은 악을 쓰지 않아도 재미로 열심히 하게 됩니다.

'쓰다'라는 표현 중에서 보통 제일 많이 쓰는 것이 '힘을 쓰다'일 것입니다. 어떤 사람은 노동이 괴로운 것이라 하지만, 저는 그 말에 꼭 동의하지는 않습니다. 내 힘을 써서 다른 사람이 즐거워지는 일은 기쁜 일입니다. 내 힘으로 다른 사람을 돕는 것도 행복한 일입니다. 특히 가족을 위해서 힘을 쓸 수 있다면 고통이 아니라 차라리 축복입니다. 힘써 일하고, 힘껏 세상을 아름답게 하는 꿈을 꾸는 것은 좋은 생각이 아닐까요?

그런데 우리는 종종 악을 쓴다는 말도 합니다. 이 말을 이해하려면 악의 의미를 알아야겠네요. 악은 무슨 뜻일까요? 악이라는 말은 어원적으로 '악다구니'나 '아가리'와 관계가 있어 보입니다. 특히 아가리는 '악+아리'의 구조로 분석해 볼 수 있습니다. 또한 악은 이를 '악물고' 한다는 의미의 악과 연관이 있어 보입니다. 하지만 여기 악이라는 말은 한자어로는 위턱과 아래턱을 총칭하는 '악顎'에서 온 말로 보입니다. 즉 악물다라는 말은 위턱과 아래턱을 꽉 다물었다는 뜻이 됩니다.

악이 들어가는 다른 단어로는 '악다구니를 놀리다'도 있습니다. 이 말은 기를 쓰고 욕설을 한다는 뜻입니다. 또한 '악머구리 끓듯'이라는 표현도 있는데, 이 말은 많은 사람이 모여서 시끄럽게 마구 떠드는 모양을 비유적으로 이르는 말입니다. '악쓰다'는 말의 사전적 의미는 '악머구리 끓듯'과 일면 비슷한 것 같습니다. 악을 쓰는 것은 악을 내어 소리를 지르거나 행동한다는 의미이기 때문입니다.

하지만 악을 쓰다는 말의 기원은 '발악發惡'이라는 단어에서 힌트를 얻을 수 있지 않을까 합니다. 발악의 악은 나쁘다는 의미입니다. 이 단어는 목적을 위해서 수단과 방법을 가리지 않고 그야말로 '악惡'을 쓴다는 의미입니다. 발악은 악을 내뻗치는 느낌이지요. 악을 사용하고 있는 것입니다. '악에 받친다'는 말도 막다른 골목에 다다라서 악이 밀고 들어온다는 느낌이 듭니다.

우리는 살면서 여러 가지 이유로 악을 쓰고 달려들고, 악을 쓰고 얼굴에 핏발을 세웁니다. 착함은 사라지고, 내 속의 잔인함까지 드러나게 됩니다. 그야말로 선이 아니라 악을 사용하고 있는 것입니다. 목에 핏대를 세우고 얼굴이 벌게진 모습에서 선함은 찾을 수 없습니다. 사람들은 악을 최후의 수단인 것처럼 이야기

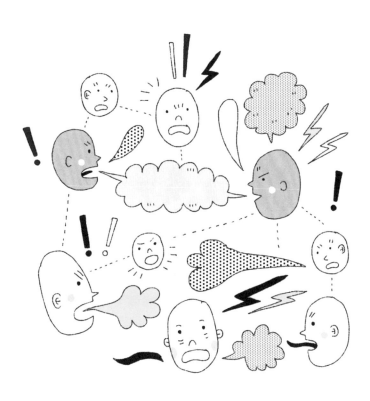

하지만 악은 최후까지도 사용해서는 안 되는 것이 아닐까요?

 어떤 경우에는 너무 힘들어서 악의 힘이라도 빌리고 싶을 것입니다. 악이라도 써서 이 순간을 벗어나고 싶은 마음이 생길 수도 있습니다. 참으로 견디기 힘든 유혹이지요. 잠깐 나쁜 짓을 해서 내가 원하는 것을 얻을 수 있다면 어떻게 해야 할까요? 역설적이지만 악을 쓰다는 표현이 답을 말해 줍니다. 그것은 악입니다. 나쁜 것입니다. 절대로 사용해서는 안 되는 것입니다. 힘들다고 마약에 의존하면 어떨까요? 힘들어서 세상을 등지면 어떨까요? 힘들다고 원수를 죽이면 어떨까요? 힘이 들 때 내 속의 악이 나타납니다. 그래서 더 조심해야 합니다. 악을 쓰지 않기 위해서.

 악을 쓰는 대표적인 행위가 소리를 지르는 것입니다. 소리를 지르는 것은 상대에게 힘을 주거나 반대로 영혼을 죽이는 행위입니다. 2002년 한일월드컵 때 광화문 광장에 10만 군중이 모여서 함께 월드컵 경기를 지켜보면서 '대~한민국'이라고 소리치고 손뼉을 친 것은 우리 모두의 영혼을 경기를 뛰는 선수들에게 전해 주기 위한 것입니다. 실제로 선수들은 말합니다. 응원이 13번째 선수 역할을 했다고.

 스포츠 선수들이 경기를 시작하기 전에 큰 소리로 기합을 넣는 것도 상대의 기선을 제압하려는 의도가 강합니다. 그런데 나쁜 마음으로 사람에게 소리를 친다면 상대의 영혼을 죽이고도 남습니다.

오히려 이런 장면에서 다른 것을 써야 하지 않을까요? 우리는 '기氣'를 쓰고 악의 마음을 막아야 하지 않을까요? 악에 빠지지 않기 위해서 우리는 '애'를 써야 하지 않을까요? 어렵더라도 서로 돕고 서로 나누는 착한 일에 '힘'을 써야 하지 않을까요? 그런 말은 없지만 '선'을 쓰는 우리를 기대합니다. 나쁜 일에 기를 쓰고, 악을 쓰는 것은 그만큼 나를 피폐하게 만들 뿐입니다.

마음에 걸리다,

지금 내 마음에 걸리는 것은?

지금 여러분의 마음에 걸리는 일이 있나요? 마음에 걸리는 일이 있으면 어떤가요? 왠지 모르게 가슴이 답답하고, 먹은 게 소화도 잘 안 되고, 밤에 잠도 잘 안 옵니다. 아무리 신경을 안 쓰려고 해도 심장이 꽉 조여 오는 느낌은 어쩔 수 없습니다.

그래서 마음을 보통 심장으로 표현하나 봅니다. 사랑의 마음을 하트로 표시하는 것도 그런 이유 때문일 것입니다. 한자에서도 마음은 심장의 모습입니다. 하지만 마음은 매우 추상적인 개념입니다. 당연히 눈에도 안 보이고, 손에도 잡히지 않습니다. 추상적이긴 하지만 마음을 잡는다든지 놓는다든지 하는 표현을 사용하기도 합니다. 이렇게 우리는 마음을 구체적으로 표현하는 것을 좋아합니다.

가장 대표적인 표현이 '마음을 비우다'라는 말입니다. 우리는 마음에 무언가 가득 차 있다고 생각하고, 그것이 그다지 아름답지 않은 것이라 생각합니다. 그래서 비우고 싶은 거지요. 마치 마음을 그릇처럼 생각한 것입니다. 감정이 머문 장소를 마음으로 표현한 경우도 있습니다. 마음은 주로 가슴속에 있다고 생각합니다. 심장의 위치 때문이기도 하겠지요. 그래서 우리는 마음이 아프다는 말 대신에 가슴이 아프다고도 합니다.

그런데 신기하게도 마음이 아프면 실제로 가슴이 아픕니다. 아마도 마음은 가슴과 연결되어 있나 봅니다. 생각은 주로 머리로 합니다. 머리가 지끈거리고 아플 때는 주로 감정의 문제가 아닌 경우가 많습니다. 여러분은 머리 아픈 일이 많은가요, 가슴 아픈 일이 많은가요?

마음을 구체적으로 표현한 것 중 '마음에 걸리다'라는 말은 마음의 기능을 보여 줍니다. 보통 마음은 감정을 담고 있습니다. 그래서 많은 감정이 마음을 통해서 지나갑니다. 기쁨도, 슬픔도 머물렀다가 지나갑니다. 바람처럼 물결처럼 스쳐 가는 일도 많습니다. 그런데 어떤 일은 도대체 흘러가지가 않습니다. 마음의 강물에 수많은 감정이 흘러가지만 그러지 못하고 머물며 맴도는 감정도 있습니다. 그때 우리가 사용하는 표현이 마음에 걸리다입니다. 한이 맺혔다는 말도 걸려 있는 감정이 아닐까 합니다.

마음이라는 냇물에 흘러가던 감정이 작은 나뭇가지에 걸려 맴돌고, 그 위로 다른 나뭇가지나 나뭇잎이 쌓여 갑니다. 때로는 모든 물줄기가 막혀 기어이 썩어 갑니다. 답답증에 걸리는 거지요. 가슴을 치게 됩니다. 이런 게 모여서 화병火病이 되기도 합니다.

사람들에게는 저마다 마음에 걸리는 일이 있는 것 같습니다. 해야 했는데 하지 않은 일, 하지 말았어야 했는데 해 버린 일, 함부로 했던 행동이나 말, 남들은 아무도 모르지만 나 스스로 용서할 수 없는 나의 잘못들이 모두 마음속에 걸림돌로 있습니다. 특히 어떤 사람이 마음에 안 들 때는 더 마음에 걸립니다. 내가 싫은 감정을 담아 그 사람에게 했던 말이나 행동이 계속 생각이 나면서 신경이 쓰입니다. 잠이 들어도, 꿈속에서도 순간순간 되살아납니다. 마음속에 깊이 걸려 있음을 깨닫습니다. 보통은 가슴 아래 명치 부분이 꽉 막힌 느낌입니다. 마치 체한 기운이 있는 듯 느낌이 묵직하게 있습니다.

지금 내 마음에 걸려 있는 건 무얼까요? 어떻게 걷어 낼까요? 감정의 나뭇가지를 걷어 올려야 합니다. 물을 흐르게 해야 합니다. 하지만 이런 생각마저도 다시 쌓여 갑니다. 집착이 생긴 거지요. 흘려보내야 한다고 다짐하는 시간도 다시 나뭇가지에 들러붙어 있습니다. 참으로 쉬운 일이 아닙니다. 없애려 한다고 없어지지 않는 것인데 이를 사라지게 하는 방법이 참 어렵습니다. 집착이 또 다른 집착을 낳고 있습니다.

언젠가 어떤 분 때문에 속상한 일이 있어 지인에게 전화를 걸어 하소연을 했습니다. 그때 지인이 했던 말이 인상적이었습니다.

"저는 아버지한테 큰 상처를 한 번 받고 났더니, 다른 사람이 나한테 상처 주는 건 아무것도 아닙니다. 다른 사람한테 받은 상처가 아무리 크다고 해도 가족한테 받은 상처에 비하지 못할 것입니다."

그 말을 듣고 나니 제 푸념이 정말로 아무것도 아닌 것처럼 느껴졌습니다. 그렇습니다. 가족 간의 갈등이라면 내 마음 더욱 깊이 걸리게 됩니다. 다른 무엇과도 비교할 수 없습니다. 가족이기 때문에 더 믿고 의지하고 바라는 마음이 커서일 것입니다. 가족이기 때문에 상처받은 내 마음을 어루만져 주기를 바라는 마음이 더 많아서일 것입니다. 서로가 그런 마음이기 때문에 자칫 가족 간의 골이 더 깊고 오래갈 수 있습니다. 그 시간이 오래되면 오래될수록 그만큼 화도 더 나고 화는 오기로 변합니다.

'네가 먼저 연락하나, 내가 먼저 연락하나 어디 한번 보자!'

이런 오기는 오기를 낳을 뿐입니다. 서로의 마음에 깊이 걸리는 일을 만들 뿐입니다.

가족 간에 마음에 걸리는 일이 있다면 그 마음을 바로 전해 보세요. 나로 인해 가족 모두가 불편한 채로 살기를 바라는 사람은 아무도 없습니다. 또한 가족으로 인해 내가 고통을 받으며 살아가는 건 좋은가요? 말 한마디, 전화 한 통화면 됩니다. 서로의 마음에 걸린 걸 흘려보내세요. 3년 동안 아버지와 말 한마디 안 한 제자가 있었습니다. '마음에 걸리다'라는 제 강의를 듣고 아버지께 바로 전화를 드렸더니, 아버지도 흔쾌히 받아 주시고 서로 전화기를 붙잡고 울었다고 합니다. 그러고 났더니 정말 마음이 뻥 뚫리는 기분이었다고 하네요.

지금 내 마음에 걸린 것이 무엇인지는 내가 가장 잘 알 것입니다. 마음에 걸리는 일 때문에 잠 못 이루고 있다면 그것을 흘려보내세요. 그것들을 떠나보내고 맞이하는 밤에는 꿈조차 꾸지 않고 깊은 잠에 빠져들 것입니다. 마음에 무엇이 걸려 있는지조차 잊고 사는 건 아닐까요? 아니 애써 그 마음에 걸린 것들을 외면하려고 하지는 않나요? 마음에 걸리는 일 없이 마음도 흐르는 시간들이 되길 바랍니다.

가위에 눌리다,
지옥을 미리 경험하다

며칠 전에 저는 심하게 가위에 눌렸습니다. 정말 무서운 경험이었습니다. 가위는 주로 '눌렸다'고 하는데 '들렸다'라고 하는 경우도 있습니다. 즉, 가위는 나를 누르는 것이기도 하고, 내 속으로 들어오기도 하는 것이라는 생각에서 비롯된 것 같습니다. 가위에 들리면 뭔지 모를 스멀스멀한 기운이 나를 꼼짝달싹하지 못하게 만듭니다. 거뭇한 그림자가 나를 감싸기도 합니다. 영화에서 보는 귀신의 그림자 같다고나 할까요.

숨도 쉬기 어렵고 온몸을 부르르 떨게 됩니다. 도와 달라고 소리를 지르려고 해도 목에서 소리가 나지 않습니다. 아니 실제로

는 꿈속에서는 크게 소리를 지르고 있지만 밖으로 소리가 나오지 않는 것입니다. 그러니 더 답답할 수밖에요. 가위가 들린 순간은 꿈과 현실의 경계에 있는 것 같습니다. 따라서 소리가 터지고 나서야 가위에서 벗어나게 됩니다. 숨이 쉬어지는 거지요.

깨고 보면 종종 같이 자는 사람의 다리가 배를 누르고 있는 경우도 있고, 물건이 가슴 위에 놓인 경우도 있습니다. 아마도 그래서 가위에 눌린다는 표현을 썼을 것으로 보입니다. 무언가에 쫓기기도 하지만 무언가에 눌린 경험이 표현을 눌리다로 고정화한 것으로 생각됩니다. 실제로는 가위에 눌린 경험은 사람마다 다양합니다.

어느 날 '가위에 눌리다'라는 말을 찾아보았습니다. 가위에 눌렸다고 하면 어린아이들은 어쩌면 물건을 자르는 가위로 알아들을 수 있겠네요. 가위가 얼마나 크기에 그렇게 고통스러워할까 의아할 수도 있겠습니다. 물론 여기서 '가위'는 그 가위가 아닙니다. 그러면 어떤 가위에 눌리는 걸까요? 가위의 어원에 대해서 여러 학자의 의견을 찾아보아도 명확하게 나타나지 않습니다.

저는 가위의 어원에 대한 실마리를 '한가위'의 어원 재구 방법에서 찾았습니다. 한가위의 가위와 가위에 눌리다의 가위와는 의미상 전혀 관계가 없지만 형태상 유사성이 나타나기 때문에 어원을 찾는 데 도움이 되었습니다. 한가위의 가위는 '가배嘉俳'에서 온 말입니다. 보통 '가운데'라는 의미와 관련이 있다고 합니다. 가배가 가위로 변한 것이지요. 가위에 눌렸다고 할 때 가위도 가배, 가비 등의 형태를 어원으로 생각해 볼 수 있습니다. 그렇다면 '가배'나 '가비'는 어떤 의미의 말일까요?

가위가 가배나 가비와 관련이 있다고 할 때 제일 먼저 연관될 수 있는 어휘는 '허깨비'입니다. 허깨비가 보이는 것이 가위 눌리는 현상과 비슷하기 때문입니다. 허깨비는 '헛'과 '개비'로 나눌 수 있습니다. 가비가 개비로 되는 현상은 우리말에서 흔히 나타납니다. 우리는 이러한 현상을 'ㅣ'모음 역행동화라고 합니다. 아비를 '애비', 어미를 '에미', 왼손잡이를 '왼손잽이'라고 발음하는 경우가 대표적인 예입니다.

허깨비는 개비가 헛것으로 보이는 것이라고 할 수 있습니다. 꿈에 보아도 무서운 가위, 개비가 현실에서도 나타나니 무서울 수밖에 없습니다. 한편 허깨비는 '헛애비'가 변한 말이라고 보는 입장도 있는데, 가위에 눌리다라는 표현과의 연관성을 생각해 볼 때 애비보다는 개비가 개연성이 높은 것 같습니다. 헛애비는 방언에서 '허재비'로 나타나는데 이는 '허수아비'의 의미입니다. 즉, 가짜 사람이라는 의미지요.

개비를 찾아볼 수 있는 또 다른 어휘로는 '도깨비'를 들 수 있습니다. 도깨비는 중세국어에는 '돗가비'(《석보상절》), '독갑이'(《역어유해》)로 나타납니다. 이 표현도 '돗'과 '개비'로 나누어 볼 수 있습니다. 도깨비의 어원도 학자마다 의견이 다릅니다.《우리말 어원 사전》(김민수 편, 1997)에서는 어원 미상으로 나옵니다. 명확한 어원을 찾기 어렵다는 반증이지요.

서정범 선생님의 경우는 돗을 중세국어에 나타나는 '도섭幻' 즉, 변화와 요술의 의미로 보고, 가비는 '아비'로 봅니다. 변화를 부리는 사람으로 해석한 것입니다. 하지만 제 생각에는 이 역시 가위와의 연관성을 생각해 보면 요술을 부리는 '기운' '귀신' 등으로 보아야 할 듯합니다. 가위는 꿈에서 나를 누르고, 조여 오는 귀신 같은 기운이기 때문입니다.

저는 가위에 눌리고 나서 가위는 지옥을 미리 보여 주는 것이라는 생각을 했습니다. 가위는 육체의 삶이 아니고 꿈속의 삶이니 우리의 지옥은 죽음 이후에도 반복되는 가위 눌린 꿈은 아닐까요? 한 번씩 가위에 눌려 잠에서 깨면 나를 돌아보게 됩니다. 앞으로 어떻게 살아야 할지 생각하게 됩니다. 다른 사람을 미워하지 말자 생각하게 됩니다. 다시 가위 눌린 꿈이 생각납니다. 생각만 해도 두렵습니다. 잘 살아야겠습니다. 가위 눌린 지옥에 가지 않으려면 말입니다.

알 고 보 니,

함부로 판단하지 않다

　매일 아침 눈을 뜨면 가장 먼저 생각나는 사람이 있습니다. 그리고 그 사람에 대해서 나는 얼마나 많이 알고 있을까를 생각합니다. 나의 시각으로 너무 쉽게 그 사람을 평가하는 건 아닐까? 그 학생을 제대로 파악하고 있을까? 이런 생각에 미치면 사실 두려울 때가 있습니다. 그 사람의 사정도 잘 모르면서 너무 다그친 거 아닌가 하는 생각이 들 때입니다. 알고 보면 남모르는 속사정이 있을지 모르는데 말입니다.

　보는 것은 눈으로 하는 것으로 시각적 행위입니다. 여러 언어에서 '보다'라는 말은 '알다'라는 의미가 되는 경우가 있습니다.

여기에 해당하는 대표적인 언어가 영어지요. 영어에서는 'I see. (나는 본다.)'라는 말이 '나는 알았다'는 의미로도 쓰입니다. 사람들은 자기가 보는 것을 자기가 아는 것이라 생각합니다.

하지만 저는 보는 것의 허점을 느낍니다. 보기만 해서는 모두 알 수 없습니다. 어떤 경우에는 듣기도 해야 하고, 어떤 경우에는 먹어 보기도 해야 하고, 겪어 보기도 해야 합니다. 이렇게 하나하나 알아 가면 더 잘 볼 수 있습니다. 이럴 때 우리말에서는 '알고 보니'라는 표현을 합니다. 저는 이 표현을 들을 때마다 반성을 하게 됩니다. 그냥 보면 안 되고, 알고 봐야 제대로 볼 수 있습니다.

알고 본다는 말에는 '감정'이 담겨 있습니다. 안다는 것은 단순히 지식의 차원이 아닙니다. 알고 본다는 말은 오히려 그 사람의 사정을 알게 되었다는 말입니다. 서로의 사정을 알게 되면 그동안 보지 못한 것을 볼 수 있습니다. 이때 우리의 감정이 움직이는 거지요. 물론 그냥 볼 때도 감정이 없는 것은 아니겠지만, 알려고 하는 마음에 이미 감정으로 보려는 마음이 함께 합니다. 앞모습만 보지 않고, 옆모습도 뒷모습도 바라보게 됩니다. 물론 서로의 마음도 보게 됩니다.

사람들 사이를 생각해 보세요. 그냥 보면 오해가 생길 때가 있습니다. 감정은 빼고 그냥 겉모습으로 쉽게 '나쁜 놈!'이라고 판단해 버리는 경우가 많습니다. 하지만 그냥 봤을 때는 평면적으로 판단했는데, 속사정을 듣고 보니 입체적으로 보일 때가 있습니다. 무릇 우리가 세상을 보고, 판단하는 경우에 이런 때가 너무나 많아서 당황스럽습니다. 알고 보면, 그리고 이야기를 들어 보면 이해가 되고, 함부로 판단한 스스로가 부끄러울 때가 많기 때문입니다. 알고 보면 세상이 달리 보입니다. 사람은 감정으로 제대로 봐야 합니다.

많은 사람들이 서로 미워하고 원망하면서 삽니다. 그 미움과 원망에는 그럴 만한 이유가 있겠지요. 하지만 서로가 속사정은 잘 모르는 경우가 많습니다. 왜 그런 짓을 했는지 알면 조금은 마음이 풀리기도 합니다. 도둑질을 하고 강도질을 하는 천하에 나쁜 놈이 있는데, 알고 보니 집에는 불치의 병을 앓고 있는 아이가 있어서 병원비를 구하려고 그랬다면 다 용서는 안 되겠지만 이해는 될 것입니다.

주변에 이해가 안 되는 사람이 많습니다. 왜 저러고 살까? 왜 저렇게 생각이 없을까? 남을 괴롭히는 게 취미일까? 정말 미워서 다시는 보고 싶지 않은 사람도 많습니다. 나도 모르는 사이에 우리 마음속에 원망이 가득 쌓여 있습니다. 어떤 이는 부모를 원망하고, 형제를 원망합니다. 어떤 이는 선생을 원망하고, 친구를 원망합니다.

부모에 대한 원망은 좀 더 심각합니다. '나를 왜 낳았냐'부터 '그때 왜 말리지 않았냐' 등 툭하면 부모를 원망합니다. 결국 자신이 부족해서 생긴 일들입니다. 나중에 그런 말을 들었을 때 부모의 마음이 어땠는지 알고 나면 얼마나 가슴을 치고 후회할지 모릅니다. 부디, 그런 상황을 만들지 않기를 바랍니다.

우리가 그냥 보고 있는 것은 무얼까요? 함부로 판단하고 있는 것은 무얼까요? 사람을 볼 때는 알고 봐야겠다는 생각을 합니다. 그냥 본 것을 함부로 이야기해서는 안 됩니다. 다른 사람이 이야기한 것을 함부로 믿고 그 사람에 대한 선입견을 가져서도 안 됩니다. 역지사지易地思之라는 말이 있는데, 내가 그 사람이 아닌 이상 그 사람의 입장이 되기는 어렵다고 생각합니다. 대신 그 사람을 더 많이 알려고 노력해야 할 것입니다. 세상은 알고 봐야 제대로 볼 수 있습니다.

말이 안 되다,
내 감정이 받아들이지 못하다

세상을 살면서 즐거운 일도 많지만 괴로운 일도 많습니다. 슬픈 일도 있고, 하기 싫은 일도 있고, 용서가 안 되는 일도 있습니다. 우리의 감정은 어떤 일이 닥쳤을 때 판단을 하게 됩니다. 이 일이 옳은 일인지 아닌지 생각하게 됩니다. 이건 논리적인 접근이 아닙니다. 우리가 사람이기 때문에, 이 세상에 살고 있기 때문에 자연스럽게 생각하고 판단하는 일입니다. 그때 쓰는 우리말 표현이 '말이 되다'입니다.

좀 더 자세히 보자면 '참 말이 안 되네!' '그게 말이 되냐?' '어, 말 되네!'와 같은 표현을 우리는 일상생활에서 자주 씁니다. 말을 하는데 말이 되네, 안 되네라고 이야기하는 것은 참 재미있습니다. 말인데 당연히 말이 되어야겠지요. 하지만 생각해 보면 우리가 이해할 수 없는 말 안 되는 세상도 있고, 처음에는 이상했지만 곰곰이 생각해 보면 말이 되는 이야기도 있습니다.

말이 안 되는 경우는 어떤 예가 있을까요? 나쁜 사람이 천당을 간다고 하면 어떤가요? 말이 되나요? 잘 모르기는 하지만 말이 안 되는 건 분명합니다. 세상이 그런 모양으로 만들어지지 않았을 거라는 확신과 공감대가 있는 거지요. 권선징악勸善懲惡은 강요가 아니라 공감입니다. 착한 일을 하면 복을 받고, 나쁜 일을 하면 벌을 받아야 한다고 모두 알고 있는 것입니다.

그런데 살다 보면 나쁜 사람이 복을 받는 것처럼 보이는 순간이 있습니다. 그래서 우리는 말이 안 되는 세상이라는 표현을 씁니다. 도대체 말이 안 되는 것 같지요.

우리는 어떤 세상을 살고 있을까요? 어떤 세상을 살고 싶을까요? 우리는 사람입니다. 인간이 인간 아닌 피조물과 구별되는 것은 아마도 말을 하고 있기 때문일 것입니다. 그만큼 말은 사람의 소중한 특성입니다. 그런 의미에서 보면 기독교 성경에 나오는 '태초에 말씀이 있었다'는 구절은 정말 크게 다가옵니다. 아무 말씀이나 태초부터 있지는 않았겠지요. 말씀은 진리이기도 하고 삶의 기준이기도 합니다. 말이 정말 중요합니다.

인간을 인간답게 하는 게 말이지만 우리는 늘 말의 한계도 느끼고 삽니다. 말로 할 수 없는 놀라움이 있고, 말로 표현할 수 없는 고마움과 미안함이 있습니다. 정말 미안할 때 우리는 말을 할 수 없습니다. 그저 뚝뚝 눈물을 떨굴 뿐이지요. 커다란 슬픔과 기쁨은 우리 표현의 한계를 보여 줍니다. 그래서 우리는 살면서 말을 잃기도 하고, 말문을 닫기도 합니다. 어찌 보면 그때가 바로 감정만으로 소통하게 되는 순간입니다.

그런데도 말은 우리가 인간임을 깨닫게 합니다. 그래서 우리는 말을 사실의 기준으로 삼습니다. 단순히 사실이 아니라 '사실이어야 하는 사실'을 의미합니다. 태초의 말씀이나 진리도 같은 의미일 것입니다. 태초에 있었던 말씀은 지금 이 순간에도 우리와 함께합니다. 그렇게 말이 되는 세상을 우리는 살려고 하는 것입니다.

말을 하려면 우리의 감정이 보여 주는 말을 해야 합니다. 내 감정이 받아들이지 못하면 우리는 말이 안 된다고 합니다. 도대체 이해할 수가 없는 거지요. 그래서 말이 안 되는 장면을 보게 되면 화가 납니다. 정말 그러면 안 된다고 생각하기 때문입니다. 도대체 말이 안 되고, 정말 말도 안 된다고 우리는 울면서 이야기하기도 합니다. 정말 말이 되는 세상이면 좋겠습니다.

말은 그냥 의사소통의 수단이 아닙니다. 우리를 우리답게 만드는 기준이고 증거입니다. 사람을 사람으로서 살게 해 줍니다. 그래서 저는 말이 고맙습니다. 제가 지금 하는 말이 정말 말이되는 이야기입니까, 아니면 말이 안 되는 이야기입니까? 말에는말 되는 말과 말 안 되는 말이 있습니다. 일에도 말이 되는 일이 있고 말이 안 되는 일이 있습니다. 저는 말이 되는 세상에서 살고 싶습니다. 전쟁을 좋아하고, 가난하다고 무시하고, 장애가 있다고 천시하고, 약한 이를 괴롭히는 세상이 도대체 말이 되는 세상인가요?

애끊다,
죽을 정도로 아픈 간절함

우리를 가장 고통스럽게 하는 건 무엇일까요? 사랑하는 사람과의 이별은 이루 말할 수 없는 고통입니다. 가족이 아픈 것도 세상 무엇과도 바꿀 수 없는 고통입니다. 가족을 잃는 고통은 그보다 몇 배는 더한 고통입니다. 이럴 때 '창자가 끊어지는 고통'이라는 표현을 합니다. 창자가 끊어지면 어떻게 되나요? 죽습니다. 죽을 정도로 아픈 고통이라는 뜻일 것입니다.

'애'는 창자나 쓸개 정도의 의미로 쓰이는 고유어입니다. 고유어임을 강조하는 것은 애를 슬프다는 의미로 생각하는 경우도 많기 때문입니다. 아마도 애절하다는 단어가 혼동의 시작으로 보입니다. 애절哀切에서 슬픔을 유추하는 경우가 많습니다. 애가 창자나 쓸개 같은 신체 내부의 기관을 의미하는 것이기는 하지만, 슬픔과 연계되는 경우가 많아서 자연스레 한자의 슬플 애哀로 연상되는 듯합니다.

애는 간장肝腸과 합쳐져서 '애간장'이라는 표현으로 쓰이기도 합니다. 따라서 애를 정확하게 어떤 부위라고 이야기하기는 어려울 듯합니다. '애를 쓰다, 애를 태우다, 애끓다, 애끊다, 애가 마르다, 애달프다, 애간장을 녹이다' 등과 같이 다양한 표현이 우리말에는 있습니다. 애는 우리의 간절한 바람을 나타내는 장소이기도 합니다. 애를 쓰는 것은 내 힘을 모두 기울이는 일이기도 합니다. 그냥 일을 하는 것과 애를 써서 일하는 것은 전혀 다릅니다.

애는 본래 창자 등의 의미로 쓰는 것이지만《표준국어대사전》에 보면 '초조한 마음속, 몹시 수고로움'의 뜻으로 의미가 확장되었습니다. 애를 태우거나 애를 끓이고, 녹이는 것은 초조함을 나타냅니다. 안절부절못하는 모습이지요. 또한 애를 쓰는 것은 수고스러움을 나타냅니다. 애는 내 힘의 원천이기도 합니다. 옛말에는 '애굳다'는 표현도 있었는데 이것은 '굳세고 굽히지 않는 마음을 비유적으로 이르는 말'이었습니다. 이렇게 애는 초조하고, 수고스런 마음을 비유적으로 표현할 때 쓰는 말입니다.

옛날 사람들은 신체 기관 중에서 가장 간절함을 보여 주는 게 애라는 생각을 했던 듯합니다. 그중에서도 가장 심하게 표현한 것은 애가 끊어지는 것 같다는 말입니다. 이순신 장군의 〈진중시 陣中詩〉에도 '애를 긋다'는 표현이 나옵니다. 끊어진다는 뜻입니다. 우리가 경험해 볼 수도 없는 아픔이겠지만 창자가 끊어지는 아픔이란 어떤 느낌일까요? 얼마나 아플까요?

가끔 TV에서 지진이나 사고로 가족을 잃은 사람들의 모습을 보여 줄 때면 너무도 애절해서 '애를 끊다'라는 말이 바로 떠오릅니다. 엄마 젖도 안 뗀 갓난아기가 무너진 건물 더미 속에서 발견되는 순간 엄마는 세상에서 가장 슬픈 절규를 합니다. 숨이 넘어간 아이를 몸이 바스라져라 안고 하늘을 향해 목 놓아 웁니다. 아이를 잃은 엄마의 슬픔은 한이 되어 하늘 끝까지 닿습니다. 세월호 사건으로 하루아침에 아이들을 떠나보낸 부모를 떠올려 봅니다. 애끊는 고통이 아니었을까요? 지금도 문득문득 생각하면 그야말로 창자가 끊어지는 고통이 느껴질 것입니다.

사랑하는 사람, 부모님, 아이들과 영원한 이별을 하게 되었다면, 그것도 강제로 이루어진 이별이라면 창자가 끊어지는 것보다 더 아플 것입니다. 밥을 먹어도, 술을 마셔도, 노래를 들어도,

옷을 사도, 이야기를 나눠도, 사람들을 만나도 이 슬픔은 가시지 않겠지요. 오히려 가는 곳마다, 보는 곳마다 아프게 되살아나기도 합니다. 여기에서도 저기에서도 무심하게 툭 튀어나오는 기억에 내 몸 속의 장이 모두 끊어지는 듯, 다 타 버리는 듯, 끓어서 녹아내리는 듯 아파 올 것입니다. 간절한 고통을 느낄 수 있습니다.

모든 간절함에는 고통이 따라오기 마련입니다. 나를 포기하게 만드는 고통이 아니라 다시 시작하게 하는 고통입니다. 애를 끊다를 통해서 지금 나에게 주어진 고통이 있다면, 내가 간절하게 바라는 것이 있다면 새롭게 바라보는 시간이 되었으면 합니다. 그 시간들을 통해서 내가 새롭게 태어날 수 있기를 바랍니다.

우리가 사는 세상은 나, 너, 우리가 연결되어 있습니다. 나의 고통만 헤아릴 것이 아니라 늘 상대의 고통은 무엇일지 생각해 보기 바랍니다. 그들의 눈에, 그들의 가슴에 고여 있는 슬픔이나 고통을 꿰뚫어 볼 수 있어야 합니다. 그래야 우리 모두 함께 사는 세상이 될 수 있고, 서로에게 힘이 되는 세상이 될 수 있습니다.

오냐오냐, 사라지지 말았으면 하는 것

우리말 중에 '오냐오냐'라는 표현이 있습니다. 이 말은 하고 싶은 대로 하게 했더니 버릇이 없어졌다는 의미로 쓰입니다. 보통은 자식에게 하는 말이고, 아랫사람에게도 쓸 수 있습니다. 자식 교육은 부모의 고민이 아닐 수 없습니다. 하고 싶은 대로 하게 하는 게 좋은지, 부모의 기준에 맞추어서 못 하게 하는 게 좋은지 늘 결론이 안 납니다.

이 표현이 재미있는 것은 요즘 사람들이 '오냐'라는 말을 안 한다는 점입니다. 오냐는 보통 '응'이라는 말 대신 쓸 수 있는 말인데 요즘에는 잘 안 씁니다. 전에는 주로 아랫사람에게 쓰는 표현이었고 종종 장난으로 친구들에게도 썼습니다. '예'는 주로 윗사람에게 쓴다는 점에서 반대라고 할 수 있겠네요.

제 경우에는 오냐라는 표현을 어릴 적에 많이 들었습니다. 예전에는 어른들이 아이들에게 응이라는 표현과 함께 오냐라는 말도 많이 썼습니다. 그래서 오냐오냐라는 표현도 나온 것이겠지요. 그런데 최근에는 오냐라는 표현을 거의 안 씁니다. 만약에 '나는 쓰는데' 하고 말하는 사람이 있다면 그 사람은 나이가 많을 가능성이 큽니다.

불과 한 세대 만에 중요한 어휘가 사라진다는 것은 놀라우면서도 슬픈 일입니다. 특히 문물과 관련된 어휘가 아니라 일상어가 사라진다는 것은 세상의 변화를 실감하게 합니다.

'삐삐'라는 말을 쓰는 사람은 이제 없습니다. 왜냐하면 삐삐가 사라졌기 때문이지요. '비디오 가게'도 사라지는 말이 되고 있습니다. 결혼식 때 찍은 비디오를 볼 수 없는 집이 엄청 많습니다. 왜냐하면 이제 비디오 플레이어가 집에 없기 때문입니다. 집집마다 벌써 다 버렸습니다. 예전에 전축을 버려서 'LP'를 듣지 못했듯이 말입니다.

얼마 전에 한 아이가 '제가 어렸을 때는요~' 하고 말하는 걸 듣고 웃은 적이 있습니다. 지금도 어린데 얼마나 더 어릴 적을 말하나 싶어서요. 아이들에게도 더 어린 시절이 있기 마련이고, 지금 아이들이 어렸을 때 썼던 말 중에서도 사라진 언어가 있습니다. 특히 문명어는 금방 사라지게 마련입니다.

아이들은 이미 '카세트'라는 말을 모릅니다. 카세트를 본 적도 없을 것입니다. 당연히 카세트테이프도 모르겠지요. '타자기'는 어떤가요? '찬장'이라는 말도 사라지고 있습니다. '장롱'도 어쩌면 붙박이장에 밀려 사라질 수도 있을 것입니다.

속담은 속담 자체도 어렵지만 그 속의 어휘는 더 어렵습니다. 옛날 사람들에게는 생활 속의 어휘였을 텐데 지금은 설명을 해 줘도 모릅니다. '떡 줄 사람은 생각도 안 하는데 김칫국부터 마신다'는 속담이 있습니다. 이 속담에서 '김칫국'부터 마시는 이유는 무언가요? '풍월'은 무엇인데 읊는가요? 굴뚝이 있어도 때지를 않으니 설명이 필요합니다. '부뚜막에 올라간 고양이'를 설명하려면 '부뚜막'에서 시간이 다 지나갑니다. '호미로 막을 걸 가래로 막는다'는 말을 이해할 수 있을까요? 어휘가 세대 간의 소통에 걸림돌이 되고 있는 것입니다. 단지 한 세대 만에 수많은 어휘와 표현이 사라져 버렸고 날마다 새로운 표현이 생겨나고 있습니다. 어휘의 변화가 어지럽습니다.

이제는 '함자, 존함, 춘추' 등의 표현을 쓰는 것은 예의 있는 사

람이라는 증거가 아니라 나이 들었다는 증거가 되는 세상이 되어 버렸습니다. 아이들에게 '본관'과 '항렬'을 물으면 뭐라고 대답할까요? 본관은 학교에 있는 건물과 혼동하는 아이가 많을 것입니다. 많은 친척 관계어도 완전히 암호가 되고 있습니다.

'당숙'은 누구인가요? '질부, 질녀'는 아이에게 〈TV쇼 진품명품〉 같은 느낌일 것입니다. 이미 '도련님'과 '서방님'은 사용도 잘 안 하고, 구별도 잘 못 합니다. 이러한 표현도 얼마 안 가서 잘 사용하지 않게 될 것입니다. 점점 우리말을 가르치고 배우기가 어려워집니다. 말이 유례없이 빠른 속도로 사라지고 있습니다. 오냐처럼 말입니다.

온고이지신溫故而知新, 옛것을 알아야 새로운 것도 안다는 말로도 해석할 수 있습니다. 옛것을 알려고 노력하면 그만큼 새로운 것에 대한 관심도 생깁니다. 따듯함이 살아 있는 말들은 더욱 자주 사용해서 사라지지 않게 했으면 좋겠습니다. 문명이 발달할수록 개인의 고립이 심해져서 소통의 부재를 우려하는 사람들도 많습니다만, 저는 어찌되었든 SNS 등으로 소통은 계속될 것이라 생각합니다. 하지만 사람과 사람이 만나서 서로 눈을 마주하고 이야기하는 소통만큼 따뜻할까요? 마음은 그만큼 헛헛하고 텅비어 갈 것입니다. 변화하는 건 좋지만, 우리가 지킬 수 있는 것은 지켰으면 좋겠습니다.

요즘 미국이나 영국의 초등학교에서는 아날로그시계를 볼 줄 모르는 학생들이 많아서 시험 볼 때는 특별히 디지털시계로 교체하자는 말도 나오고 있다고 합니다. 우리 어릴 때는 성냥을 가지고 불장난을 해서 어른들의 골칫거리이기도 했는데, 요즘에는 성냥이 무엇인지 모르는 아이들이 대부분일 것입니다. 칼로 연필을 깎던 추억도 없을 테고요. 지금 우리 주변에서 사라진 것은 무엇이고 새로 생겨난 것은 무엇인지, 한번 생각해 보는 하루가 되었으면 합니다. 그중에서 지키고 싶은 건 무엇인가요? 그 속에서 새로운 것도 한번 찾아보세요.

삶은 무엇일까요? 사람마다 삶에 대한 정의는 각자 다르겠지
만, 삶의 굽이굽이에서 예기치 않게 주어지는 선물 같은 일들이
있습니다. 예상을 하지 못하는 것이기에 더욱 반갑고 기쁘게 다
가오는 것들이지요. 아마도 이게 우리가 사는 낙이 아닐까 합니
다. 저는 우리말의 '우연찮게'라는 말을 들으면 삶의 선물 같은
말이라는 느낌이 듭니다. 생각지도 않았던 기쁜 일이 생길 것만
같습니다. 그런데 놀라운 것은 우연찮게 일어나는 일들은 결코
우연이 아니라는 것입니다.

우연찮게라는 말은 '우연하지 않게'가 줄어든 말입니다. 그런

데 특이하게도 우연하다는 말의 부정인데도 우연하다는 말과 별반 다르지 않게 사용하고 있어서 흥미롭습니다. 우연찮게 누구를 만났다고 하면 이게 우연인지 우연이 아닌지 헷갈리지요.

우리말 중에는 이렇게 부정과 긍정의 의미가 별로 차이 나지 않는 경우들이 종종 발견됩니다. 대표적인 표현이 제가 가끔 언급하는 '칠칠하다'와 '칠칠치 못하다'입니다. 둘 다 나쁜 의미처럼 보이지만 사실 둘 중의 하나는 좋은 표현입니다. 당연한 이야기지만 하나가 부정이면 남은 하나는 좋을 수밖에 없겠지요. 칠칠한 게 좋은 것입니다.

저는 우연찮게라는 표현을 볼 때마다 재미있다는 생각을 합니다. 지금은 우연찮게나 우연하게가 모두 '우연히'의 의미처럼 사용되고 있는데, 우연찮게는 결코 우연이 아니라는 뜻이기 때문입니다. 원래 우연찮게를 사용하던 우리 조상들은 삶이 결코 우연이 아니라는 것을 잘 알고 있었습니다. 인연이라는 의미이고, 알고 보면 다 필연적이라는 생각이 담겨 있던 거지요. 생각해 보면 우연히 일어나는 일이 어디 있겠습니까? 다 연결되어 일어나는 일이 아닌가요? 자연현상도 마찬가지이고 사람 간의 일도 그렇습니다. 모든 건 연결되어 있습니다.

우연찮게라는 말을 필연적이라는 의미로 사용하게 되면 많은 우리의 생각을 바꿀 수 있습니다. 즉 우연찮게라는 표현을 쓸 때마다 이것은 우연이 아니라는 말을 되뇐다면 세상을 바라보는 관점이 달라질 것입니다.

우리는 우연찮게 어디를 가고, 누구를 만나고, 무엇을 먹습니다. 우연찮게 어떤 책을 읽게 되고, 어떤 말을 하게 됩니다. 왜 이런 일이 일어났는지 우리는 알지 못하지만 이런 일이 우연히 일어나지 않았다는 것은 알고 있는 것입니다.

사람의 인연이라는 게 종종은 귀찮아 보일 때도 있지만 다 고마운 일입니다. 내가 여기에서 한 일이 언젠가 다른 인연이 되어 내게 돌아옵니다. 과거의 내가 현재의 나를 만들었고, 현재의 내가 미래의 나를 만듭니다. 오늘 내가 맞이한 기쁜 일도 슬픈 일도 내가 살아온 지난날들이 쌓여서 일어난 것입니다. 세상의 모든 일이 우연으로 갑자기 일어나는 일은 없습니다. 삶에서 한 순간 한 순간, 우리가 만나는 한 사람 한 사람이 중요한 이유입니다. 나에게 일어나는 모든 일이 다 소중한 이유입니다.

또한 역설적으로 현재의 내가 과거의 나를 바꾸기도 합니다. 내가 이 세상을 잘 살아가면 잘 살아갈수록 과거의 나도 변합니다. 신기한 것 같지만 당연한 일입니다. 과거의 나와 미래의 나를 바꾸고 싶다면 현재의 나를 바꾸어야 합니다. 현재가 중요하다고 말하는 이유겠지요. 이렇게 나는 과거의 나, 미래의 나와 연결되어 있습니다.

오늘 이 글도 우연찮게 쓰게 되었습니다. 조항범 교수의 《말이 인격이다》라는 책을 읽다가 오래전에 메모해 놓은 것을 발견했기 때문입니다. 책을 읽다가 메모를 해 두면 뜻밖의 기쁨이 됩니다. 저는 두 번 읽을 책은 반드시 사라고 합니다. 왜냐하면 메모를 해야 하기 때문입니다. 메모는 할 때도 도움이 되지만 다시 읽을 때도 도움이 됩니다. 여러 번 읽으면 읽을수록 메모의 힘이 발휘됩니다. 과거의 내 생각과 만나는 귀한 시간이 되기 때문이지요. 읽을 때마다 다른 관점이 보이고 한 뼘 더 성장합니다.

좋은 책을 두 번 이상 읽으면 우연찮게 깨달음과 만날 수 있습니다. 깨달음은 순간순간에 만나게 됩니다. 깨달음 속에서 진리를 만나고, 과거의 나와 만나고, 때로는 미래의 나와도 만나게 됩니다. 종종 책을 읽은 후에 길거리에서 만나기도 하고, 꿈속에서도 만나고, 타인과 이야기 속에서도 만납니다. 깨달음에 우연이 어디 있겠습니까? 우리의 깨달음도 모두 우연찮은 일입니다. 저는 이 모든 것이 우연찮은 일이라서 참 좋습니다. 우연찮은 일을 많이 발견하길 바랍니다. 우연찮게 여러분을 만날 일도 기대합니다.

죄 받는다,
더 큰 죄를 짓다

'죄는 미워하되 사람은 미워하지 마라!'라는 말이 있습니다. 참 좋은 말입니다. 세상에는 작정하고 죄를 짓는 사람도 있지만, 어쩔 수 없는 상황에서 죄를 짓게 내몰리는 사람도 있습니다. 앞에서도 얘기했지만 장발장이 대표적입니다. 지금 우리 사회에도 장발장과 같은 사람들이 있습니다.

그런데 우리는 그 사람이 왜 죄를 짓게 되었는지는 별로 관심이 없습니다. 한번 죄를 지은 사람은 평생 주홍글씨를 안고 살아가야 합니다. 죄를 미워하고 죄를 지은 사람까지 미워합니다. 그 죄는 그 사람이 이미 벌을 받고 사회에 복귀해도 사해지지 않습니다. 그런 악순환 속에서 죄를 지은 사람이 더 큰 죄를 짓게 되기도 합니다.

우리는 보통 죄를 지으면 벌을 받는다고 말합니다. 다시 말해 죄를 지으면 그에 합당한 벌을 받아야 한다는 의미입니다. 사람이 죄를 지을 때 그나마 두려움이 생긴다면 그건 아마도 벌을 받을 거라는 걱정 때문일 것입니다. 그래서 사람들은 벌을 무겁게 주어야 다시는 죄를 짓지 않을 것이라 이야기합니다. 좀 더 끔찍한 벌을 고안하는 것도 같은 이유겠지요. 사형제도에 찬성하는 사람도 같은 생각일 것입니다.

하지만 무거운 형벌에도 죄를 짓는 사람은 줄어들지 않습니다. 이는 죄 짓는 것에 대한 해결책이 벌에 있지 않음을 보여 줍니다. 사형이나 무기징역이 많아지면 사람들이 죄를 짓지 않을까요? 어떤 범죄자는 이미 사형 받을 만한 죄를 지었기에 다른 범죄를 지으면서 두려움이 적었다고 합니다. 오히려 사형이나 무기징역이 죄를 부르기도 한다는 의미입니다.

어찌 보면 죄인은 벌이 두렵지는 않습니다. 어차피 자신이 지은 죄에 대해 책임을 져야 하는 거지요. 죗값을 치러야 한다는 말은 그래서 나왔습니다. 그래서 죄를 지은 이들은 벌을 달게 받겠다는 말을 합니다. 물론 자신의 잘못은 생각 안 하고 억울해

하는 경우도 있습니다. 자신이 지은 죄보다 지나치게 무거운 형벌을 받는다면 억울할 수 있겠지요.

또한 비슷한 죄를 저질렀는데도 힘 있고 돈 많은 이들은 빠져나가고 나만 벌을 받는다면 정말 억울할 것입니다. 분명 내가 잘못한 것은 맞지만, 벌을 받는 것보다 억울한 것을 참을 수 없는 게 인간이 아닐까 합니다. 억울한 마음을 가진 사람은 죄를 제대로 씻을 수 없습니다. 이는 벌을 주는 목적에 맞지 않는 일이지요. 벌의 목적은 죄를 다시 짓지 않게 하는 것입니다. 우리는 그점을 늘 잊습니다.

우리말에는 죄와 벌에 관한 흥미로운 표현이 있습니다. 그것은 바로 '죄 받다'라는 표현입니다. 어릴 때부터 들어온 말인데별 의심 없이 사용했던 것 같습니다. 그런데 저는 죄와 벌에 관해 생각하면서 표현의 특별함에 놀랐습니다. '벌 받다'라고 해야 할 자리에 죄 받다라고 한 것입니다. 물론 벌 받는다는 표현을 더 널리 씁니다. 하지만 죄 받는다는 표현도 함께 쓴다는 것은 놀라운 일입니다. 사전을 찾아보면 죄 받다를 벌 받다의 의미와 비슷하게 설명하고 있습니다. 죄를 지어 이에 해당하는 벌을 받는다는 말이 줄어든 것으로 보는 듯합니다.

하지만 저는 그렇게 생각하지 않습니다. 언어 표현은 있는 그대로 들여다볼 필요가 있습니다. 잘못을 하면 벌이 아니라 죄를 받을 수도 있습니다. 달리 말해 죄를 지은 이가 또 다른 죄를 짓게 될 거라는 경고라고 할 수 있습니다. 죄를 지었을 때 벌을 받는 게 두려운 일일까요, 아니면 또 다른 죄를 짓는 게 두려운 일일까요? 죄가 죄를 낳고, 어둠이 어둠을 낳고, 악이 악을 낳습니다. 죄가 계속된다면 두려운 일이 아닐 수 없습니다. 헤어날 수 없는 고통이 될 것입니다.

나쁜 짓을 하고도 후회하지 않고 용서를 구하지 않으면, 벌을 받기도 하지만 점점 더 무서운 죄를 짓게 됩니다. 그야말로 죄를 받는 것이지요. 죄를 짓고 가장 무서운 것은 이것입니다. 처음에는 작은 죄로 시작하지만 점점 씻기 어려운 더 큰 죄를 짓습니다. 죄의 자식이 되는 것입니다. 지은 죄를 씻으려 노력하지 않으면 죄 속에서 살 수밖에 없습니다.

저는 죄를 받는다는 말을 무겁게 받아들입니다. '너 그러면 죄 받아!'라고 말씀하시던 어르신들의 엄중한 꾸지람이 마음 깊이 다가옵니다. 다른 죄까지 또 범하는 삶이 되어서는 안 됩니다. 지금의 죄를 마지막으로 죄 짓는 삶을 끊어야 합니다. 어쩌면 벌을 받는 것이 죄를 받는 것보다 행복한 일입니다. 오늘 내가 지은 죄가 없는지 돌이켜 봅니다!

죽어도 용서 못 해!,

나를 위해 용서하다

　내가 잘못을 저질러서 누군가에게 용서를 비는 것도, 누군가가 나에게 잘못을 저질러서 나에게 용서를 비는 것도 참 어려운 일입니다. 용서가 얼마나 어려운 일인지 알기에 종교에서도 '죄지은 자를 사하여 주십시오!'라는 말이 있을 것입니다.

　우리나라 사람들은 용서를 하지 않겠다는 뜻으로 '눈에 흙이 들어가도'라는 표현을 씁니다. 눈에 흙이 들어가면 죽습니다. 죽는다는 말 대신에 쓰는 말입니다. 죽으면 죽었지 용서를 못 한다는 뜻입니다. 매장埋葬 문화 때문에 그렇게 표현한 것입니다. 무덤에 들어가면 흙을 뿌리기 때문에 눈에 흙이 들어가는 것이 죽음을 의미했을 것입니다. 한편 일본어에서는 '눈동자가 하얘져도'라는 표현을 씁니다. 이는 화장火葬 문화를 보여 줍니다. 불 속에서 모든 것이 재로 변하기 때문에 생긴 표현일 것입니다. 두 표현 모두 눈이라는 말을 쓴 것은 눈을 감는 게 죽음을 의미하는 것과 무관하지 않을 것입니다. 눈은 세상을 보는 창이기도 하지만 세상과 이별하는 문이기도 합니다.

눈에 흙이 들어가도 안 된다, 죽어도 용서하지 않겠다는 말은 특히 자식의 결혼을 반대할 때 단골처럼 쓰는 말입니다. 자식의 결혼을 막기 위해서 죽기까지 해야 할까 하는 생각도 듭니다. 지나치고 과장된 비유라는 생각이 듭니다. 죽음이 그렇게 함부로 들먹일 말은 아니지 않은가요?

'죽어도 용서 못 해!'라는 말을 들을 때마다 참 맞는 말이라는 생각을 했습니다. 그렇습니다. 사실 죽으면 우리는 용서를 할 수가 없습니다. 내가 죽어도 용서를 못 하고, 그가 죽어도 용서를 못 합니다. 죽는 한이 있더라도 용서하지 않겠다는 뜻이었겠지만 언어는 의외의 세상을 보여 줍니다. 죽으면 용서를 할 수 없습니다. 그래서 답은 죽기 전에 용서를 해야 한다는 것입니다. 어쩌면 세상에서 가장 어려운 일이 용서일 것입니다.

용서를 하지 않으면 괴로운 것은 자신입니다. 용서가 상대를 위한 것처럼 생각하지만 용서는 실제로 나를 위한 경우가 더 많습니다. 어떤 경우에는 나는 용서를 안 했는데, 그는 아무 문제없이 즐겁게 잘 삽니다. 더 약 오르는 일이지요. 어떤 영화에서 나는 용서를 안 했는데, 그가 신에게 용서받았다고 해서 더 큰 분노를 사게 되는 장면도 있습니다. 물론 신이 용서해 준 것인지는 알 수 없는 일이지요. 용서는 내가 나를 위해서 하는 일이라는 생각이 중요합니다. 그런데 용서는 정말이지 쉽지 않습니다.

용서의 핵심은 같은 마음에 있습니다. 다른 말로 동정이라고도 합니다. 동정은 같은 감정을 갖게 되었다는 뜻입니다. 용서의 서恕 자도 한자를 나누어 보면 같을 여如에 마음 심心이 들어 있습니다. 상대와 같은 마음을 갖게 되었다는 뜻이지요. 용서의 기본은 '그가 왜 그랬을까?'에서 출발합니다. 그 사람의 사정을 살피는 것이 용서에 도움이 된다는 의미입니다.

그런데 아마 이런 경우는 가벼운 잘못에 해당하는 용서일 것입니다. 끔찍한 잘못에 이런 용서는 잘 이루어지지 않습니다. 내가 받은 상처가 너무나도 크기 때문입니다. 나에게 이런 상처를 안긴 사람을 우리는 원수라고 합니다. 그래서 우리는 용서보다는 원수를 갚는다는 말에 익숙합니다. 원수를 갚으면 마음이 좀 후련해지기도 할 것입니다. 그래서 원수는 원수를 낳기도 하는

거겠지요.

얼마 전에 우연히 일본 드라마 〈주신구라의 사랑〉을 보았습니다. 에도 막부 시절에 '쇼군이 사는 성안에서 칼을 뽑는 무사는 자결하라'라는 법도가 있었습니다. 이 법도를 어기고 아코 성의 성주가 막부의 고관이었던 기라 요시나카와 의견 충돌을 일으켜 칼을 뽑았다 할복하는 일이 있었습니다. 아코 성의 성주 밑에 있던 47명의 무사들이 복수의 칼을 갈며 낭인처럼 떠돌다 결국 기라의 목을 베고 복수에 성공하는 역사적인 사건을 배경으로 하는 이야기였습니다. 그러나 47명의 무사들에게 기다리고 있는 것은 막부의 할복 명령이었습니다. 당시 사람들에게 이 사건은 충성의 상징으로 큰 감명을 주었다고 합니다. 하지만 피는 또다른 피를 불러오지 않을까요?

원수에 대한 용서는 기독교의 핵심 가치이기도 합니다. 기독교가 놀라움을 준 이유이기도 하지요. 원수를 용서하라 정도가 아니라, 원수를 사랑하라고 가르치고 있으니 말입니다. 용서는 어쩌면 가능할지 모르나 사랑이라니요? 불가능한 요구가 아닌가요? 예수님이니까 가능한 일이 아닐까요? 그런데 원수에 대한 용서와 사랑이 정답입니다.

우리는 답을 의심해서는 안 됩니다. 풀이가 어렵기 때문에 더 많은 고민의 시간이 필요하겠지만 답은 답입니다. 아마도 복수를 했다고 기분 좋은 사람은 없을 것입니다. 오히려 또 다른 죄의식에 사로잡힐 것입니다.

죽어도 용서 못 한다는 말을 들으면서 저는 어려운 문제를 하나 더 가슴에 담습니다. 죽으면 용서할 수 없다는 말, 나에게 죄지은 자를 용서해야 한다는 사실 말입니다. 종교는 용서를 말합니다. 종교는 우리에게 사랑을 묻습니다. 그러고는 원수에 대한 사랑이 진짜 사랑이라고 이야기합니다. 나를 사랑하는 사람을 사랑하는 것은 누구나 가능한 일이라는 말도 덧붙입니다. 내가 용서하지 못해 붙잡고 있는 사람들을 떠올려 봅니다. 이제는 놓고 싶습니다.

아무것도 아닌 걸 갖고,

그 사람에게는 중요한 일일지도

　우리는 너무 쉽게 말하고 너무 쉽게 주워 담으려고 합니다. 가끔은 이야기를 나누다 말싸움이 되는 경우도 있습니다. 대부분은 한 사람이 한 사람의 비위를 건드리는 말을 했기 때문입니다. 마음이 상하는 말을 듣고 강하게 반발을 하면 그 말을 한 사람은 너무 쉽게 말합니다.

　"야, 아무것도 아닌 걸 갖고 왜 그래!"

　상대를 더 화나게 하는 말입니다. 아무것도 아닌 것에 화를 내는 사람은 뭐가 되는 것인지요? 내가 한 말을 듣고 누군가가 화를 냈다면, 설령 나한테는 아무것도 아닌 말일지 몰라도 그 사람한테는 중요한 것일 수 있습니다. '아무것도 아니다'라는 말 한 마디로 더 깊은 상처를 줄 수도 있습니다.

'아무것도 아닌 걸 갖고'라는 말을 들으면서 생각에 잠기게 되었습니다. 아무것도 아니라는 말을 듣다 보면 정말 아무것도 아닐까 하는 의문이 생깁니다. 말하는 사람이나 듣는 사람이나 특별한 일이 아닌 것을 가지고 아무것도 아니라고 하지는 않는 것 같습니다. 오히려 아무것도 아니라면서 자꾸 숨기고, 아무도 아니라더니 나중에 알고 보면 중요한 사람인 경우도 많습니다. 그러니까 실제로는 우리가 모를 뿐이지 중요한 일인 경우가 많다는 것입니다.

'아무'라는 말은 '아무것' 속에서도 쓰이지만 그냥 혼자 쓰여 어떤 사람을 특별히 정하지 않고 이르는 인칭대명사이기도 합니다. '아무나, 아무도, 아무에게' 등의 예를 들 수 있습니다. 딱히 정해지지 않은 사람의 의미입니다. 그런데 꾸며 주는 말로 쓰일 때는 꼭 사람만을 의미하는 것은 아닙니다. 아무 음식, 아무 곳 등의 예에서도 알 수 있습니다.

한편 '아무리, 아무개, 아무런' 등과 같이 다양하게 결합하기도 합니다. 그야말로 아무는 여러 모습으로 우리 주변에 있습니다. '아무개'라는 말이 아무의 부정확함을 보여 주는 대표적인 표현인 듯합니다. 우리나라에서 나쁜 사람이나 범인은 아무개라는 이름이 제일 많다는 농담이 생각납니다. 김 아무개, 이 아무개 등입니다.

그런데 아무것이라는 표현이 몇 장면에서 쓰일 때는 흥미로우면서도 애틋합니다. 한 장면은 '아무것도 모르면서'라고 표현할 때입니다. 이 말은 상대가 모든 것을 모른다기보다는 뭔가가 있는 것을 아는데 정확히는 모른다는 느낌을 줍니다. 뭔가 사정이 숨어 있다는 말입니다. 사람을 함부로 평가해서는 안 된다는 생각을 하게 만드는 표현이지요.

이 말은 종종 '내 마음도 모르면서'라는 표현과도 닿아 있습니다. 어쩌면 아무것도 모르면서 나를 함부로 판단한다는 의미를 나타냅니다. '아무것도 모르면서 왜 나한테 그래요?'라는 항변이 아프게 들려오는 이유입니다. 서로에게는 서로가 모르는 고통이 있을 수 있습니다. 정말 우리는 상대에 대해 아무것도 모르는 것일 수 있다는 말입니다.

반면에 우리가 남을 함부로 판단할 때도 아무것이라는 표현을 씁니다. 처음에 언급한 '아무것도 아닌 걸 갖고 왜 그래?'라는 말이 바로 그것입니다. 내가 볼 때는 하찮고 아무것도 아닐 수 있습니다. 그냥 무시하고 넘어갈 만한 작은 일이라는 의미입니다.

하지만 당사자에게는 심각한 일일 수 있습니다. 그야말로 아무 것도 아닌 게 아니지요.

우울해 하는 사람에게 위로한답시고 아무것도 아닌 것 갖고 왜 신경을 쓰냐고 말하면 위로가 안 됩니다. 왜냐하면 중요하지 않을 것이라는 판단은 내 판단이지 당사자의 판단이 아니기 때문입니다. 우울해 하는 사람이 싫어하는 말 중 하나가 아무것도 아니니까 잊어버리라는 말이라고 하는데 일리가 있습니다. 아무 것도 아닌 것 때문에 그렇게 기운이 빠질 리가 있을까요? 당연히 그 사람에게는 너무나 힘든 일인 것입니다.

나한테는 중요하지 않을지 모르나 상대에게는 정말 중요한 일이라고 인정을 하는 것이 이해의 시작입니다. 우리 세상의 일이 다 그렇습니다. 어른에게는 중요하지 않지만 아이에게는 너무나 중요한 일일 수 있습니다. 여자에게는 중요하지 않지만 남자에게는 정신이 쏙 빠질 만큼 엄청나게 중요한 일일 수도 있습니다. 남자에게는 중요하지 않지만 여자에게는 꼭 필요한 삶의 에너지인 경우도 있습니다. 어떤 사람은 이래서 괴롭고 어떤 사람은 저래서 괴롭습니다. 괴로움이나 즐거움이나 원인이 사람마다 다르기도 합니다.

세상에 아무것도 아닌 것은 없겠지요. 아무것이라는 말은 정해지지 않았다는 뜻이지 없다는 의미가 아닙니다. 우리가 모르는 특별한 것일 수 있습니다. 내가 아무렇지 않게 말한 아무것도 아닌 것이 정말 아무것도 아닌 것이었을지, 다시 한 번 생각해 봅니다.

잘 먹고 잘 살아라!,
잘 사는 방법은?

우리나라 사람들은 예전부터 먹는 걸 중요하게 생각했습니다. 특히 우리 어머니나 할머님들은 아침 먹고 나면 점심 뭐 먹을까, 점심 먹고 나면 저녁 뭐 먹을까 걱정하시지요. 그래서인지 어떤 사람한테 마음이 상해 욕을 할 때도 '잘 먹고 잘 살아라'라고 합니다. 예전에 국어학자인 양주동 박사께서 결혼식에서 주례를 설 때면 "잘 먹고 잘 살아라!"라는 말을 해서 웃음바다가 되었다는 이야기를 들은 적이 있습니다.

잘 먹고 잘 살라는 말이 왜 웃음을 자아냈을까요? 말의 겉뜻은 너무 좋은데, 일반적으로 사용하는 환경은 욕처럼 쓰는 경우가 많기 때문이겠지요. 보통은 자기 욕심만 차리는 사람에게 그래 잘 먹고 잘 살라는 말을 하게 됩니다. 남도 도와주지 않고 욕심만 부리니 그런 사람에게는 기댈 것 없다는 마음도 담겨 있습니다.

그런데 어떤 책에서 이 구절을 발견하고는 갑자기 재미있는 표현이라는 생각이 들었습니다. 저주의 말치고는 아주 순하고 부드러운 표현이기 때문입니다. 저주도 참 좋게 한다는 생각에 웃음이 났습니다. 일종의 비꼬는 말이라는 생각이 들기도 하지만, 말 그대로 그래 너는 그렇게 아껴서 잘 살라는 말로도 들렸기 때문입니다. 아주 축복하는 말은 아니지만 심한 저주의 말로도 볼 수 없지 않을까요? 저주를 하려면 '폭삭 망해라, 천벌을 받아라, 벼락 맞아라'와 같은 적절한 표현이 얼마든지 있지 않은가요? 그런데 잘 살라고 하다니 참 너그럽습니다.

반어법反語法이 아니냐고 묻는 사람도 있는데, 반어법이라고 보기에는 상황이 좀 그렇습니다. '얼마나 잘 먹고 잘 사는지 보자'고 했다면 반어적인 느낌이 강해집니다. '아이고 부자 되겠네!'라고 했다면 완전 비꼬는 말로 반어적이지요. 반어는 비꼬는 느낌이 더 강해야 합니다. 물론 잘 먹고 잘 살라는 말에 진정성이 약하기 때문에 반어적인 상황임에는 틀림이 없습니다. 그

것마저 부인하려고 하는 것은 아닙니다. 다만 표현에서 반어적인 느낌이 적다는 것이 재미있게 느껴진다는 말입니다. 만약 이런 표현을 외국어로 번역한다면 느낌이 잘 전달될까 하는 생각도 듭니다. 외국인들은 우리의 의도와는 반대로 생각할 수도 있을 것입니다.

잘 먹고 잘 살라는 말은 그 자체로도 흥미로운 표현입니다. 잘 사는 것의 주요 척도가 먹는 것으로 표현되고 있기 때문입니다. 잘 사는 방법에는 다양한 종류가 있을 것입니다. 으리으리하게 좋은 집에 살고, 좋은 옷을 입고, 보석으로 치장할 수도 있습니다. 그런데 그냥 잘 먹는 것을 잘 사는 척도로 본 것입니다. 이것도 우리나라 사람들의 사고를 보여 준다고 할 수 있습니다. 우리에게는 먹는 것이 중요했다는 거지요.

이렇게 이야기하면 우리가 못 먹고 살아서 그런 것이 아니냐고 묻는 경우가 있습니다. 아주 틀린 접근은 아니라고 생각합니다. 하지만 우리가 늘 못 먹고 산 것은 아니었기 때문에 그냥 먹는 것을 중요하게 생각했다는 정도로 정리해 두는 것이 좋을 듯합니다. 우리말에는 먹는 것을 중요하게 생각함을 알 수 있는 표현이 많습니다. '먹고 죽은 귀신이 때깔도 좋다, 금강산도 식후경' 등은 아무리 좋은 것이라도 잘 먹고 나서 해야 함을 보여 줍니다. '먹을 때는 개도 안 건드린다'는 표현은 서민적이면서도 먹는 중요성을 보여 줍니다.

그러고 보면 먹는 것만큼 참 공평한 것도 없다는 생각이 듭니다. 아무리 부자라도 하루 세 끼 먹지 하루 열 끼를 먹지는 않습니다. 물론 지금도 여전히 배고프고 못 먹는 사람들이 있지만, 부자도 소주 마시고 된장찌개 먹고 김치찌개 먹는 건 똑같습니다. 몸에 좋은 음식일수록 소박한 음식들입니다.

먹는 것은 단순하게 먹는 게 아닙니다. 잘 먹어야 한다는 말에 비밀이 하나 더 숨어 있습니다. 그냥 먹지 말고 잘 먹어야 합니다. 많이 먹어야 한다는 의미가 아니라는 것입니다. 먹는 것만 잘 해도 우리는 행복해질 수 있습니다. 먹는 것만 잘 해도 건강해질 수 있습니다. 아무거나 먹지 말고, 잘 먹어야겠습니다. 보통은 너무 많이 먹고, 너무 늦게까지 먹고, 너무 달게 먹고, 너무 짜게 먹어서 탈입니다. 그뿐인가요? 우리가 모르는 사이에 미세먼지도 먹고, 공해도 먹습니다. 잘 먹고 살려면 '소식小食과 절제, 그리고 천천히'가 답입니다. 그건 먹는 것뿐만이 아니겠지요. 이게 인생을 사는 진리가 아닐까요?

법 없이 살다,

서로가 서로를 용서해 주다

우리는 흔히 착한 사람이나 모범적인 사람을 이야기할 때 '법 없이도 살 사람'이라는 표현을 많이 합니다. 저는 여기서 작은 오해가 생긴다고 생각합니다. 법은 잘 지켜야 하는 것이고, 법이 없다면 이 세상은 혼돈의 세계로 빠질 것이라는 것입니다. 법이 없으면 힘이 센 사람이 세상을 지배할 것이고, 개인과 개인과의 다툼에서도 사람들은 힘으로 해결할 것이라 생각합니다. 정말 그렇다면 법이 없으면 큰일입니다.

그렇다면 법을 세분화해서 아주 잘 만들어 놓으면 좋은 세상이 될까요? 분명 그렇지 않을 것입니다. 저는 오히려 법이 없는 사회가 되는 것이 좋다고 생각합니다. 아니 정확하게 말하면 법이 필요가 없는 사회가 되었으면 좋겠습니다. 설령 누군가가 잘못을 하더라도 정말 큰 잘못이 아니라면 서로가 서로를 용서해주는 그야말로 법이 필요 없는 사회 말입니다.

'법法'이라는 말의 한자를 보면 물과 가다去가 나옵니다. 아마 물에 가는 것을 금했던 것이 법의 시작이 아니었을까 합니다. 왜 물에 가는 것을 금했을까요? 일단은 위험해서라는 의견이 있습니다. 물에 가면 빠질 수 있으니 위험하다는 생각을 했을 수도 있습니다. 하지만 그걸 법으로 금지했다는 것은 좀 이해가 되지 않습니다. 백성이 위험에 빠지는 것을 보호하려고 법을 만들었다는 것은 아름다워 보이기는 하나 현실성은 없어 보입니다.

어떤 물은 가면 안 되는 곳도 있습니다. 신성한 물이라면 더욱 그러하겠지요. 우리의 옛이야기도 그렇고, 많은 민족의 이야기에 보면 물이 신성한 곳으로 나옵니다. 특히 우물이나 식수에 해당하는 곳은 신성함이 더욱 빛이 납니다. 만약 이런 물에 누군가가 나쁜 짓이라도 한다면 큰일이 아닐 수 없습니다. 독약을 타면 모두 죽을 수 있습니다. 더럽혀도 안 되겠지요. 누가 혼자 독점하려고 해도 안 될 것입니다. 물은 공동의 소유여야 하니까요.

《삼국사기》에 보면 박혁거세는 나정蘿井에서, 그의 부인은 알영정閼英井에서 태어납니다. 우물이 대단히 신성한 장소임을 알 수 있습니다. 고구려 동명성왕의 어머니 유화부인은 물의 신 하백河伯의 딸로 나옵니다. 모두 물과 관련이 되는 탄생입니다. 물이 신성함을 보여 주는 예라고 할 수 있습니다. 아마도 이렇게 신성한 우물이나 강에 가는 것은 금지되었을 것이고, 그것이 법의 시작이라고 할 수 있겠습니다. 우물을 신성하게 여기는 것에서 식수를 얼마나 소중하게 생각했는지를 알 수 있습니다.

우물에 함부로 가면 안 된다고 금지한 이유가 모든 사람에게 공평하게 물을 주려 했다면 좋은 일일 수 있습니다. 하지만 귀한 물을 자기만 독점하려고 오지 못하게 한 것이라면 좋은 법이라 할 수 없습니다. 법은 근본적으로 사람을 위한 것이어야 합니다. 법이 만인 앞에 평등하다는 말은 권력자나 힘 있는 이에게 두려운 말입니다. 법은 억울한 사람이 없게 만드는 것이고, 배려하기 위한 것입니다. 물론 실상은 그렇지 않은 경우가 많습니다. 법을 힘 있는 이가 만들기 때문이라는 의견은 일리가 있습니다.

법이 제구실을 못 하면 법이 상처가 됩니다. 물을 가진 사람이 법을 칼처럼 쓰면 물은 두려운 곳이 되고 갈 수 없는 곳이 됩니다. 물은 귀한 것이니 잘 보호해서 함께 사용해야겠지요. 이를 위해서 법이 필요한 것입니다. 이게 좋은 법입니다. 그런데 몇 명이 물을 독점하고, 자꾸 물값을 내라고 한다면 사람들은 화가 나고 납득할 수 없을 것입니다. 그때 '그런 법이 어디 있냐?'고 말합니다. 그런 법은 필요 없습니다. 그런 법은 우리를 옭아맵니다. 오히려 '법보다 주먹이 가깝다'는 말을 실감하게 됩니다. 악법 때문에 폭력이 발생하기도 합니다.

그래서 우리는 최고의 칭찬으로 '법 없이도 살 수 있다'라는 말을 합니다. 법이 없어도 잘 나누고 배려한다면 그곳이 천국입니다. 서로 먼저 물을 마시라고 양보하는데 이보다 나은 곳이 있을까요? 좋은 것이 있으면 서로 나누려고 하는 모습에서 천국을 느낍니다. 물론 서로 약간씩은 잘못할 수도 있겠지요. 하지만 금방 용서하고 이해한다면 그곳이 천국이지요. 천국은 잘못을 하지 않는 곳이 아니라 용서하는 곳입니다.

법 없이도 살 수 있는 사람이 많은 곳, 어쩌면 법조차 필요하지 않은 곳이 우리가 생각하는 이상향이었을 것입니다. 걸핏하면 고소를 하고, 소송을 하는 곳은 평안한 곳이 아니겠지요. 작은 일에 고소를 하는 사람이 그래서 욕을 먹는 것입니다.

우리 사회에 법을 어기는 사람이 점점 많아지고, 그래서인지 죄는 더욱 흉포해집니다. 지켜야 할 법의 숫자가 점점 많아지고,

필요한 법이 늘어납니다. 범죄자는 법망法網을 피해 가고, 그래서 새로운 법이 자꾸 생겨납니다. 법이 없어질 수는 없겠지만 법 없이도 살 수 있는 사람이 많아지기를 바랍니다. 법이 나쁜 건 아니지만 모든 걸 법에 의존한다면 이 세상은 더 각박해질 것입니다. 서로를 도와주는 법이어야지 서로를 괴롭히는 법이 되어서는 안 됩니다!

아 다르고 어 다르다,
이왕이면 밝고 기분 좋은 말로

같은 말인데도 예쁘게 하는 사람이 있는가 하면, 참 듣기 싫게 말하는 사람이 있습니다. 그럴 때 우리는 흔히 '아 다르고 어 다른데 말을 어떻게 그렇게 하냐'고 말합니다. '아 다르고 어 다르다'는 같은 의미의 말이라도 어떻게 말하느냐에 따라 느낌이 전혀 달라진다는 뜻으로 사용하는 속담입니다. 언어의 전달에 대해서 이야기할 때 자주 등장하지요. 우리말의 특징을 아주 잘 보여 주는 속담이기도 합니다.

우리말은 모음조화가 있고, 모음에 따라 느낌이 달라지는 음성상징어(의성어, 의태어)가 있습니다. 음성상징은 소리에 따라 느낌이 달라진다는 의미입니다. 그야말로 우리말은 아 다르고 어 다른 언어인 것입니다.

  그러면 '아'가 좋은 느낌인가요, '어'가 좋은 느낌인가요? 일단 '좋다, 나쁘다'라고 표현하는 것처럼 앞에 나오는 게 좋거나 중요할 가능성이 높습니다. 늘 그렇습니다. 앞에 나오는 게 자신이 좋아하는 대상인 경우가 많습니다. 그래서 우리는 '엄마 아빠'라고 합니다. '언니 오빠' '형 동생' '아들 딸' 등에 숨어 있는 심리를 보세요. 이런 의미에서 볼 때 우리는 아 즉 밝은 모음에 대해서 좋은 느낌을 갖는 경우가 많다는 것을 추론해 볼 수 있습니다.

  아와 어를 살펴보면 아는 밝은 모음이고, 어는 어두운 모음입니다. 따라서 비슷한 표현이라면 아가 밝은 느낌을 주는 것입니다. 소리를 흉내 낸 의성어나 모양을 흉내 낸 의태어를 살펴보면 금방 느낌을 알 수 있습니다. '찰랑'과 '철렁'의 느낌을 보세요. '반짝'과 '번쩍'의 느낌은 어떤가요? 음성만 봐도 느낌을 알 수 있지요. 아는 밝고, 바깥쪽으로 향하는 느낌이 납니다. 반면 어는 어둡고, 안으로 들어오는 느낌이 납니다. 더 정확히 말하자면 아뿐만 아니라 밝은 모음(아/야/오/요)은 대부분 그런 느낌이 있습니다. 어두운 모음(어/여/우/유/으)은 반대의 느낌이지요. '맑다'

와 '묽다'의 느낌을 비교해 보세요. '밝다'와 '붉다'의 느낌은 어떤가요?

우리말 단어를 살펴보면 서로 대칭이 되는 말에 아와 어가 쓰이는 경우가 많습니다. 가장 대표적인 단어가 '나'와 '너'입니다. 나와 너야말로 아 다르고 어 다른 게 아닌가요? 저는 아 다르고 어 다르다는 말은 나와 너의 차이를 보여 주고 있는 게 아닌가 하는 생각도 해 본 적이 있습니다.

아가 밝은 모음이라고 했는데, 지금 사용한 어휘 '밝다'에도 아가 들어가 있습니다. 어가 어두운 모음이라고 했는데 '어둡다'에도 어가 들어가 있습니다. 흥미롭지 않은가요? 해가 뜨는 '아침'은 어떤가요? 해가 지는 '저녁'은 어떤가요? 아와 어의 구별이 보이지요? 물론 모든 한국어 단어가 모음이 밝고 어두움에 따라 나뉘는 것은 아닙니다. 그런 경향이 있다는 것입니다. 다시 말하지만 모음교체를 예외가 없는 것으로 오해를 하면 안 됩니다. 음운이 느낌을 주는 경우에는 주로 그런 경향이 있다는 말입니다.

'가다'와 '서다'의 경우를 봐도 밖으로 향하는 것과 멈추는 것의 느낌을 보여 줍니다. '나다(出, 生)'와 '들다(入)'의 경우도 밝은 모음과 어두운 모음의 차이가 나타납니다. '자라다'와 '멈추다'의

경우는 어떤가요?

저는 계절에 해당하는 어휘를 보면서 참 재미있었습니다. 계절을 보면 '봄과 여름' '가을과 겨울'에서도 모음의 대비를 느끼게 됩니다. 단순히 모음으로만 보면 봄과 가을이 여름과 겨울보다는 좋은 듯합니다. 모음의 느낌이 그렇다는 의미입니다. 봄은 희망적이고 여름은 더워서 좀 힘이 듭니다. 가을은 다시 시원하고, 겨울엔 추워서 좀 힘이 듭니다. 계절의 이름에 느낌을 담아 놓은 것 같습니다.

날씨를 나타내는 '따뜻하다'와 '덥다'는 어떤가요? '춥다'의 느낌은 어떤가요? 모든 어휘가 다 그런 것은 아니지만 모음으로 느낌을 알 수 있는 어휘가 참 많습니다.

느낌을 가장 극명하게 보여 주는 단어는 '살다'와 '죽다'가 아닐까 합니다. 살다에는 밝은 모음이, 죽다에는 어두운 모음이 나타납니다. 받침에도 그런 느낌이 있습니다. 보통 리을 받침은 지속적인 느낌이 있고, 기역 받침은 멈추는 느낌이 있습니다. 살다라는 단어를 보면서 살아가는 것은 어려운 일이 많겠으나 그래도 희망을 가질 수 있는 일이라는 생각이 듭니다.

이 글은 어느 날 문득 '우리에게 밝은 느낌을 주는 말이 없을까' 하는 생각에서 시작되었는데, 신기하게도 밝은 모음을 지닌 말들은 모두 우리에게 긍정적인 느낌을 줍니다. 우연의 일치일 수도 있겠으나 저는 밝은 모음에서 긍정적인 힘을 봅니다. '사랑, 바람希望, 아름다움' 등의 단어를 보면서 생각합니다. 밝게 살아야겠습니다. 여러분에게 밝은 느낌을 주는 단어는 무엇인가요? 그 단어를 생각하면서 오늘 하루도 밝고 씩씩하게 잘 보내기 바랍니다.

성인군자도 아니고,
타고난 것이 아니라 노력하는 것

　제가 대학 다닐 때 《성자가 된 청소부》라는 책을 감명 깊게 읽었습니다. 당시 우리나라에 깨달음의 열풍을 불러일으킨 책으로 기억합니다. 그때 독자들은 책 제목을 늘 혼동했습니다. 청소부가 앞에 놓이는지, 성자가 앞에 놓이는지 헷갈렸던 것입니다. 재미있는 것은 그때 사람들의 반응이 순서에 별로 상관하지 않았다는 점입니다. 청소부가 성자가 된 것도, 성자가 청소부가 된 것도 나름대로의 깨달음을 줍니다. 성인군자聖人君子는 특별한 사람만 되는 것은 아니라는 깨달음이라고나 할까요. 성인군자는 자신의 위치에서 자신의 일을 하면서 이루는 것이 아닐까요?

성인聖人과 군자君子는 최고의 가치를 지닌 사람입니다. 많은 종교와 철학은 성인과 군자를 목표로 정진합니다. 그만큼 쉬운 일이 아니지요. 동양의 문화에서는 성인이 되는 것이 군자가 되는 것보다는 훨씬 힘든 일로 생각했습니다. 공자께서도 "성인은 좀처럼 만나기 어렵다. 군자를 만나기만 해도 좋다(《한글 논어》, 이을호 역 참조)"라는 말씀을 하셨습니다. 이는 성인을 더 높은 가치로 생각했기 때문으로 보입니다. 성인이 되고 싶은 사람은 성스러움이 있어야 합니다. 성인의 비슷한 말로 성자聖者가 있는데 두 어휘 모두 거룩한 느낌이 있습니다.

공자께서는 《논어》에서 "인격도 닦지 못하고, 학문도 부실하며, 옳은 일을 듣고도 행하지 못하고, 흠집을 고치지도 못하니 그게 내 걱정이야"라는 말씀을 하셨습니다. 겸손한 것일 수도 있지만 공자께서도 늘 고민인 것이 성인이 되는 일이었던 듯합니다. 공자께서는 군자가 되는 일에 대해서도 "문학적 지식은 나도 남만 못하지 않지만, 군자의 도를 실천하는 것은 아직 이루지 못하고 있다"는 고백을 하고 있습니다. 공자께서도 이렇게 어려운 일이니 우리에게는 더 말할 나위도 없겠지요.

성인이나 군자로 산다는 것도 쉬운 일이 아닐 것입니다. 성인이나 군자는 되기도 어렵지만 유지하기도 쉽지 않기 때문입니다. 정확히 일치하는 개념은 아닐지 모르지만 불교의 돈오점수頓悟漸修와 돈오돈수頓悟頓修의 논쟁은 이런 점에 주목했습니다. 이 논쟁은 깨달음 이후에 점진적으로 수행해야 할지 아니면 수행한 뒤 더 이상 수행할 것 없는 깨달음을 얻을 것인지에 대한 것이었습니다. 이는 진정한 깨달음이 무엇인지에 대한 생각의 차이라고 할 수 있습니다. 깨달음의 정의도 참 어렵습니다. 어쩌면 군자는 돈오점수하고 성인은 돈오돈수한 경지를 말하는 게 아닐까 합니다.

공자에 대해서 자꾸 언급하는 것은 성인이나 군자가 공자께도 어려웠다는 말로 위안을 삼고자 하는 것입니다. 성인이 되거나 군자가 되는 것을 포기하자고 하는 말이 아닙니다. 오히려 쉽게 포기하지 말자는 의미입니다. 우리가 잘 알고 있는 나이에 대한 공자의 말씀도 역으로 생각하면 위안이 됩니다.

공자께서도 마흔이 되어서 불혹不惑의 경지가 되었다는 점에서 안심을 느끼게 됩니다. 물론 우리는 마흔이 넘어도 여전히 흔들리니 공자와 비교하기는 어렵겠지요. 하지만 공자께서도 마흔 전에는 불혹의 경지가 아니었고, 예순이 되어서야 남의 말을 순하게 들을 수 있었으며, 일흔이 되어서야 하고 싶은 대로 해도 어긋나지 않았다는 점에서, 끊임없이 노력했음을 보게 됩니다.

성인군자는 타고난 것이 아닙니다. 노력하는 것입니다. 우리말에 '우리가 성인군자도 아니고'라는 표현이 있습니다. 주로 훌륭하지 않은 자신을 낮추는 의미이지만, 인간에 대한 긍정적인 태도도 담고 있습니다. 실수투성이인 우리의 삶에서 변명이 되기도 하지만 안심을 주는 표현이 아닐까 싶습니다. 반면 성인군자라는 우리의 지향점을 보여 주기도 합니다.

선생 일을 하고, 글을 쓰면서 저는 글대로 말대로 살기가 참 어렵습니다. 스스로 부족함을 절감합니다. 용서를 말하지만 용서가 어렵고, 긍정적인 삶을 이야기하지만 긍정적으로 사는 게 힘이 듭니다. 그러면서도 한편으로는 '내가 성인군자도 아닌데 당연하지'라는 생각을 하면 마음이 놓입니다. 사람이기 때문에 어설픈 구석이 있는 것은 어쩌면 당연할 것입니다.

모두가 더 열심히 배우고, 남에게 피해를 주지 않고, 다른 이를 행복하게 하면서 사는 세상이 된다면 참 좋겠습니다! 다른 사람을 만나면 내가 먼저 인사를 하고, 다른 사람이 하기 싫은 일은 내가 먼저 하고, 잘못을 했다면 내가 먼저 사과를 하는 사람들이 많아지면 우리가 사는 세상은 더 좋아질 것입니다!

추천의 글

교수님은 참 따뜻하게 말씀하시는 분입니다. 말하는 직업을 가진 사람에게 이런 책은 참 반갑습니다. 우리가 무심코 쓰면서도 잊고 있는 우리말의 가치를 알려 주는 책입니다. 읽다 보면 마음이 따뜻해지는 건 덤.

김서련(KBS 아나운서)

우리말 속의 세로토닌(행복호르몬)을 맛나게 요리하여 현대인들의 마음을 신선하게 해 주는 신비롭고 기이한 효과가 있습니다. 뇌신경의 행복을 찾아 주는 듯합니다.

김형민(경희대 한의대 교수)

우리네 정과 지혜가 함께 어우러져 잔잔한 울림으로 다가옵니다. 마음을 따뜻하게 하는 힘이 있습니다.

노영옥(목사)

살면서 지식이 아니라 지혜가 필요할 때가 많이 있습니다. 《우리말 지혜》는 일상에서 흔히 쓰는 우리말 속에 숨어 있는 지혜를 찾아 들려주는 저자의 혜안이 돋보입니다. 책을 읽는 동안 '공감共感'이란 두 글자가 시나브로 새겨짐을 느낍니다.

류태호(미국 버지니아대 교수)

한국어 학습자의 입장에서 볼 때 한국어 공부에 도움이 될 뿐 아니라 담겨 있는 내용 하나하나가 인생 공부도 되는 책입니다. 독자에게 적극 추천하고 싶습니다.

맛띠다우(미얀마 양곤외대 한국어과 교수)

이 책을 통해서 사람에 대한 믿음과 좋은 세상에 대한 확신을 갖고 작은 부분에 기여하는 삶을 살고자 합니다.

박희양(해봄 재외동포교육재단 대표)

한국어를 듣거나 읽을 때마다 왜 항상 마음이 따뜻해지는지 궁금했습니다. 이제는 선생님께서 이 책에서 말씀하신 '지혜' 때문이라는 것을 압니다. 저도 이 책을 통해 긍정과 위로의 마음을 함께 나누고 싶습니다.

시무앙 케와린(한국외대 태국어과 교수)

우리말을 잘 아는 것과 우리말을 잘 쓰는 것의 큰 차이를 보여 주시는 교수님의 글에는 우리말의 마음이 가득 담겨 있습니다.

이두헌(작곡가, 그룹 다섯손가락 리더)

나는 기꺼이 그의 열렬한 애독자임을 자처합니다. 그의 글에는 특유의 예민한 촉수로 모국어의 바다에서 우리말의 멋과 맛을 건져 내어 유려한 필치로 풀어내는 비상한 매력이 있습니다.

이병윤(전 후쿠오카 한국교육원장)

선생님의 글은 마치 어머니의 품처럼 푸근합니다. 읽다 보면 절로 고개가 끄덕여지고 마음이 따뜻해지며 잔잔한 여운이 남습니다. 그리고 무엇보다 통찰의 지혜로 가득합니다.

이종운(경희중 교사)

지식은 배움으로, 지혜는 깨달음으로 얻을 수 있습니다. 진심으로 하나님과 소통하면 광명을 얻을 수 있듯, 우리말은 덕과 지혜이고 홍익인간의 삶을 실천할 수 있는 에너지입니다.

이형모(재외동포신문 대표)

말에는 뜻과 맛이 공존합니다. 조현용 교수에게서 우리말의 그 절묘한 의미와 감칠맛을 배웁니다. 그래야만 제대로 글을 쓸 수 있을 것 같습니다!

임진모(음악평론가)

《우리말 지혜》는 짧은 문장으로 생각을 정확하게 표현한 글 모음입니다. 개념이 중요한 공학 분야에서 말의 중요성을 일깨워 줘서 공대생의 글쓰기 공부에 좋은 책입니다. 딱딱한 공학 용어에서 벗어나 우리글의 따뜻함을 느끼기 바랍니다.

정대용(인하대 공과대학 교수)

선생님의 글에는 따뜻함과 편안함이 있습니다. 특식이 아닌 늘 먹는 집밥 같은 소박함이 깃들어 있습니다. 그래서 읽으면 읽을수록 향기가 납니다.

조준형(평화방송 프로듀서)

지혜로운 이는 따듯하다고 합니다. 말뜻을 잘 알수록 말하는 게 즐거워집니다. 말에 숨은 지혜를 함께 찾아간다면 그 즐거움이 배가 될 것 같습니다.

채희원(경희대 미술대학 학생)

《우리말 지혜》를 읽으면 부정적이고 나쁜 뜻으로 알았던 어휘가 긍정적이며 좋은 뜻으로 다가옵니다. 전 세계 한국학교 교사들이 이 책을 통해 우리말이 주는 지혜를 학생들에게 나누어 주기를 기대해 봅니다.

최미영(산호세 다솜한글학교 교장)

선생님의 글을 읽노라면 마음이 숙연해짐을 느낍니다. 어느 글에선 지식을, 어느 글에선 삶의 향기를 또는 도전을, 배려를, 솔직하고 겸허한 내심을 글로 표현하시는 분입니다.

홍사라(시애틀 꽃동산한글학교 교장)

이제까지 살아온 시간 속에서 무심히 지나쳤던 여러 가지 감정과 삶의 의미를 교수님 책 속의 우리말을 통해 느끼고 확인하는 좋은 기회가 되었습니다.

홍정표(경희대 치과대학 교수)

나를 편하게 서로를 귀하게

우리말 지혜

초판 1쇄 ㅣ 2018년 6월 30일
초판 2쇄 ㅣ 2022년 2월 24일

지은이 ㅣ 조현용
펴낸이 ㅣ 정은영
책임편집 ㅣ 최명지
디자인 ㅣ 디자인붐
일러스트 ㅣ 민효인

펴낸곳 ㅣ 마리북스
출판등록 ㅣ 제2019-000292호
주소 ㅣ (04037) 서울시 마포구 양화로 59 화승리버스텔 503호
전화 ㅣ 02) 336-0729, 0730
팩스 ㅣ 070) 7610-2870
홈페이지 ㅣ www.maibooks.com
Email ㅣ mari@maribooks.com
인쇄 ㅣ (주)금명문화

ISBN 978-89-94011-82-0 (03810)
　　　979-11-89943-78-3 (set)